W0278395

Gerhard Jan Rötting

Das Weihnachtsbaby wird gerettet

Ein Wunder in den albanischen Alpen

und zwei weitere wahre Erzählungen

mediaKern

Bibliografische Information der Deutschen Nationalbibliothek
Die Deutsche Nationalbibliothek verzeichnet diese Publikation in der Deutschen Nationalbibliografie; detaillierte bibliografische Daten sind im Internet über http://dnb.d-nb.de abrufbar.

ISBN 978-3-8429-2013-2

Bestell-Nr. 5.122.013
© 2013 mediaKern GmbH, 46485 Wesel
Umschlagfoto:
oben: © bmaynard/Fotolia, unten: © Vitalinko/Fotolia
Umschlaggestaltung: Ch. Karádi
Layout: J. Deusch
Gesamtherstellung: Drukarnia Dimograf, Bielsko-Biała, Polen
Printed in the EU 2013

www.media-kern.de

Inhalt

Das Weihnachtsbaby wird gerettet

1

**

Heulen die Wölfe in den süd-albanischen Alpen, *dann sind ihre Opfer nicht fern. Und Wölfe gibt es im dortigen Hochgebirge reichlich. Weil sie immer plötzlich und als Rudel auftauchen, hallt ihr Heulen besonders deutlich in der klaren Abendluft durch die Bergwälder, wenn die Sonne für diesen Tag sich von den Bergbewohnern verabschiedet. Umso kürzer die Tage im Jahr sind, umso früher wagen sich die Wolfsrudel an die Bergdörfer der albanischen Alpen heran, um »Nahrung« zu finden. Dann sind auch Menschenleben nicht sicher vor den räuberischen Tieren.*

In Gjirokaster gibt es eine Neuigkeit: *Studenten melden sich bei uns zum biblischen Unterricht an. Nach einigen Monaten lassen sie sich taufen.*

Durch die »jungen Christen« setzt eine Welle der Hilfsbereitschaft in Gjirokaster ein, wie sie bislang in der Stadt und an der Universität nicht bekannt ist: Kindern und alten Leuten wird geholfen. Studienschwache Studenten bekommen gratis Nachhilfeunterricht. Ältere und kranke Menschen werden besucht. Auch die Tochter des Landrats, die mit ihrem unheilbaren Milztumor im Krankenhaus liegt, empfängt Besuch von den christlichen Studen-

ten, die sich aber auch um Straßenkinder kümmern, die niemandem gehören, die nachts unter parkenden Autos schlafen und tagsüber betteln.

Die Studentengruppe wächst zahlenmäßig schnell, weil einerseits die Menschen wissen wollen, was der »Beweggrund« der Christen für ihr sinnvolles Helfen ist, andererseits locken diese bislang unbekannten Liebesaktivitäten vor allem junge Erwachsene an, die nach einem Sinn für ihr Leben suchen. Mission »Ost-West« bietet – wie sie es in anderen Städten Albaniens tut – jetzt auch in Gjirokaster Seminare zum Studieren der Bibel an. In der gemieteten Vierzimmerwohnung sind Studenten eingezogen, die bald einem friedlichen ›Taubenschlag‹ gleicht, weil immer mehr junge Leute dort zusammenkommen. Der Raum wird eng.

***Der Landrat erfährt durch die Bevölkerung** von den Aktivitäten der jungen Erwachsenen. Er staunt nicht nur über die Hilfsbereitschaft der Christen: Er will sie auch kennenlernen, um von ihnen auf seine kritischen, wohlüberlegten Fragen eine Antwort zu bekommen.*

Eines Morgens geht er auf die Suche nach dem

Studentenhaus, das er oberhalb der Altstadt findet. Aber es ist absolut still darin. Vorsichtig öffnet er die Haustür und sieht mehr als zwanzig junge Männer, die im Zimmer knien. Sie beten. Er bleibt an der Tür stehen, um zu hören, was gebetet wird. Es werden Namen von Freunden und Verwandten genannt, die sie dem himmlischen Vater anempfehlen, damit er sie segne. Und dann hört er, wie der Name seiner schwerkranken Tochter im Gebet genannt wird. Schnell hält er sich die Hand vor den Mund, damit niemand sein Schluchzen höre. Er ist derart von der Liebe und vom Vertrauen der jungen Leute, die sie zu Gott haben, überrumpelt, dass er an der Tür niederkniet. Nach einer Weile betet auch er voll Dank zum Gott der Bibel, der Herzen bewegt und zu verändern weiß.

Nach dem gemeinsamen Amen der Studenten erklärt der Landrat, warum er eigentlich gekommen ist. »Ich wollte wissen, was eure Motive sind, die euch neben dem Studium aktiv werden lassen, um unbekannten Menschen in unserer Stadt beizustehen. Sogar meine Tochter habt ihr im Krankenhaus besucht und sie getröstet, obwohl ihr sie gar nicht kennt. Ich wollte die ›Triebkraft‹ kennenlernen, weswegen ihr aktiv seid. Aber da ist nun viel Größeres passiert: Nie zuvor habe ich außerhalb der Moschee gebetet – und dort nur in arabischen Versen, die ich als Kind auswendig lernte und überhaupt nicht verstehe. Aber jetzt, jetzt ist unerwartet die Liebe Gottes in mein Leben eingezogen. Das ist die Antwort für mich. Diese göttliche Liebe in euch ist ansteckend. Wisst ihr was? Ich will zu euch gehören!«

***Als sich Monate später 42 junge Albaner** von mir in der Adria taufen lassen wollen, da ist auch der Landrat gekommen, der 340 Kilometer durch die schmalen, alpinen Bergstraßen gefahren ist, um wenigstens ein paar Stunden mit uns an der Adriaküste zu sein. Er will mich persönlich kennenlernen. »Ich bin gekommen, weil ich mich bei Ihnen bedanken will für allen Einsatz, den Sie der jungen albanischen Generation schenken, damit sie im Glauben zu stabilen Menschen werden. Was Sie leisten, hat für das ganze Land Bedeutung. Sie wecken bei den jungen Erwachsenen – und ebenso bei älteren Menschen – durch Ihr Tun neue Hoffnung. Nach dem Studium werden Studenten als Anwälte und Richter, als Ärzte und Lehrer, als Ingenieure oder Apotheker allerorts im Lande tätig sein – und die Liebe*

Gottes ausstrahlen. Das hat existentielle Bedeutung für unser Volk, das im Mittelalter durch die osmanische Besatzungsmacht gezwungen wurde, den Glauben an Jesus Christus abzugeben. Dadurch hat unser albanisches Volk seine Lebenswurzel verloren. Das ist der Grund, dass wir in der gesamten Entwicklung auf dem Stand vor Jahrhunderten stehen geblieben sind. Nun ist durch Sie und Ihre Arbeit in Albanien eine neue Ära angebrochen, die da anknüpft, wo unser Volk vor 700 Jahren bereits als Christenvolk stand.«

Der Landrat schaut mich an und ich sehe Feuchtigkeit in seinen Augenwinkeln. Als er mir beim Abschied lange die Hand hält, sehe ich in ihm den Bruder.

Noch im Halbdunkel dieses kommenden Tages entdeckt ein diensthabender Polizist in der kalten Morgenstunde drei junge Männer, die entlang den Autos gehen, die links und rechts an den Bürgersteigen parken. Die drei spazieren nun schon einige Minuten die etwas steil ansteigende Gasse auf und ab. Sie zeigen sich durchaus an den verschiedenen Automodellen interessiert. Gibt das gleich einen »Autoklau«? Der aufmerksame Wachmann will mit seiner Uniform nicht auffallen und zwängt seinen Rücken in einen Hauseingang: Diese Kerle muss er unbedingt im Auge behalten. Wer weiß, was die vorhaben, denkt er sich. Er sieht, wie sie nun schon zum vierten Mal die mit Kopfsteinen gepflasterte schmale Gasse rauf- und wieder heruntergehen. Was mögen sie nur im Schilde führen? Jeder von ihnen hat eine Tasche geschultert, die alle ziemlich schwer zu sein scheinen, denn sie hängen straff gespannt von ihren Schultern herunter. Auch reden sie kaum miteinander. Wahrscheinlich nur das Allernötigste. Reicht der Verdacht? Soll er sie anhalten oder ansprechen? Nur hinschauen genügt oft nicht. Klarheit muss sein!

Er schaut auf die Armbanduhr: Es ist kurz vor sieben. Dienstschluss ist für ihn um sieben. Die ganze Nacht war in der Stadt überhaupt nichts los. Einige Nachtschwärmer sah er, wie sie eilends durch die Straßen nach Hause huschten. Beim Nachtfrost hat es jedermann eilig, schnell heimzukommen. Mehr hat er in dieser Nachtschicht nicht entdeckt. Aber jetzt, diese jungen Männer. Was haben sie vor Tagesanbruch an diesem 23. Dezember nur vor?

»He, ihr drei! Ich sehe euch schon eine Weile zu. Was habt ihr vor? Habt ihr Interesse an den verschiedenen Autotypen, die hier parken?«

Der Wachmann erwartet, dass die drei Verdächtigen jetzt die Flucht ergreifen. Aber dem ist nicht so.

Der Längste von ihnen bleibt stehen: »Nee, wir warten.«

»Und auf *wen* oder *was* wartet ihr? Seid ihr unterwegs, um die Sonne zu beobachten, wie sie gleich die Burg anstrahlt?«

Der Polizist sieht sich plötzlich von den drei jungen Männern umstellt, in deren Gesichtern – so viel lässt sich von Nahem gut erkennen – nichts Bösartiges zu finden ist.

»Wir warten auf unseren Pastor.«

Der Polizist reckt seinen Kopf ruckartig aus der Uniform nach vorn, sodass seine Dienstmütze sich fast in seinen Nacken schiebt: »Auf *wen* wartet ihr? Auf einen Pastor? Was ist das denn für jemand?«

»Ich bin Sokul Ruko – wenn Sie es genauer

wissen wollen – und bin Medizinstudent hier in Gjirokaster.«

»So, so – Student? Interessant. Und was habt ihr in aller Frühe hier bei der Burg zu tun?«

»Ich sehe«, sagt Merkur Sinani, einer der drei, »Sie wundern sich über uns?«

»Allerdings! Denn was betrachtet ihr die parkenden Autos, die hier in der Straße stehen? Habt ihr ein Auge auf ein bestimmtes Auto geworfen? Wollt ihr es knacken?«

»Autos knacken? Wissen Sie, das interessiert uns nicht«, meint Mario Tushi, der dritte im Bunde, »seit wir uns von Grund auf verändert haben, kommt bei uns so etwas, wie Sie es bei uns vermuten, überhaupt nicht in Frage.«

»Komisch. Ich habe gleich gewusst, als ich euch beobachtete: Ihr seid mir drei komische Vögel. Und nun behauptest du auch noch, dass du dich von Grund auf verändert hast. Interessant, interessant!«

Der Polizist schaut jeden der Männer etwas länger an, schiebt seine Unterlippe nach vorn und schüttelt den Kopf:

»Verändert habt ihr euch? Im Ernst – erzählt mir, wie ihr *das* hingekriegt habt. Was hat euch geändert? Gibt's Pillen dafür? Da bin ich aber neugierig.« Er lacht hämisch.

Sokol greift in seine Umhängetasche: »Ihre Frage ist falsch gestellt, Wachmann. Sie hätten besser fragen sollen, *wer* uns verändert hat.«

»Na gut, dann frage ich eben: *Wer* euch verändert hat – und das wirklich zum Guten?«

Sokol hält dem Polizisten eine Schrift hin und zeigt auf den Titel. »*Der* hat das geschafft.«

»Was du nicht sagst! So ein Büchlein hat dich umgekrempelt? Unglaublich!«

»Schauen Sie mal genau hin, Wachmann. Dessen Name hier zu lesen ist, der hat unser Leben bis auf die Knochen umgekrempelt.«

»Wieso? *Ein* Buch hat drei Studenten verwandelt?«

»Allerdings«, meint Sokol. »Und nicht nur uns drei. Da sind viele Menschen, die er erneuert hat.«

Der Polizist buchstabiert: »Ein – Mann – verändert – die – Welt – Jesus. Ich hab schon mal von ihm gehört. Das ist doch der Prophet der Christen, oder? Was bei uns Mohammed ist, das ist Jesus bei den Christen, nicht wahr?«

»Nein. Das meinen *Sie*. Aber nur ein Prophet

– das ist Jesus nicht. Er ist *mehr*, nämlich Gottes Sohn!« Sokol will ihm das Buch aus der Hand nehmen. Doch der Polizist zieht seine Hand mitsamt dem Buch auf den Rücken zurück: »Erst machst du mich neugierig und dann behauptest du auch noch, Jesus ist kein Prophet. Nun will ich aber wissen, was ist er dann?«

Noch immer hält er das Buch hinten auf seinem Rücken und schaut die drei nacheinander an. Mario Tushi zieht die frische Morgenluft durch die Zähne: »Wachmann, das ist des Rätsels Lösung. Das ist es eben, was uns so verändert hat. Wir waren auch Muslime. Wie Sie. Aber dann haben wir die Neuigkeit gehört: Jesus lebt, weil er vom Tode auferstanden ist.«

Der Polizist zieht – erschrocken und skeptisch – seinen Kopf zurück.

»Und dann überfiel mich das Glück, das helle Licht. Jesus ist mir nämlich zum Retter aus dickem Elend geworden. Ich habe seine göttliche Liebe erlebt. Wirklich. Er ist nicht Prophet, wie Sie meinen. Er ist Gottes Sohn.«

Der Wachmann holt das Buch hinter seinem Rücken hervor und schaut den Titel und das Bild auf den Umschlag an: »Und das hast du …«, er schaut wieder die drei Studenten einzeln an: »… das habt ihr wirklich erlebt?«

»So ist es«, meint Sokol und hält seine Hand hin, um das Buch in Empfang zu nehmen. Zögernd reicht der Wachmann es ihm hin: »Jesus ist kein Prophet! Mmm! Was hast du gesagt? Er ist … Gottes Sohn? Aus dem Tod? Nee, so was! Er lebt? Er liebt? Das ist das Allerneueste des Tages.« Mit seiner linken Hand reibt der Wachmann wiederholte Male sein Gesicht von der Stirn hinunter zum Kinn: »Am liebsten würde ich noch eine Weile mit euch reden, aber ich merke: Ihr wollt weiter.« Er zeigt auf die Tragetaschen, die die jungen Leute geschultert haben. »Wohin wollt ihr eigentlich? Was habt ihr da für schwere Sachen in euren Schultertaschen?«

Mario öffnet seine Tasche: »Schau, da ist absolut Gutes drin: Bücher. Übrigens, *das* da … das ist das Buch der Bücher. Die Bibel.«

»Ihr habt Bibeln bei euch?«

»Ja, die Menschen in Zagori wollen sie lesen«, meint Merkur und fügt erklärend hinzu: »Wir wollen heute nach Zagori, um mit den Dorfbewohnern zu feiern. Morgen ist nämlich das Fest der Geburt Jesu. Wir nennen das die geweihte

Nacht. Jedes Jahr feiern wir die Geburt jenes Kindes, das Jesus heißt. Er hilft uns, nicht nur an uns selber zu denken, sondern für andere da zu sein, so wie er es tat.«

Der Polizist brummt wie jemand, der nicht laut seine Zustimmung äußern mag. »Weißt du überhaupt, wo Zagori liegt – da oben im Gebirge?«, fragt er einigermaßen erstaunt. »Das ist doch die Gegend, wo Wölfe rudelweise auftreten, die den Leuten das Leben schwer machen. *Da* wollt ihr heute hin? Na, dann mal gute Reise!« Der Polizist rückt seine Dienstmütze zurecht und zeigt über den Burgplatz hinweg auf die kilometerweit entfernten Berghöhen: »Was habe ich euch vorhin gesagt? Schon ziehen dort dicke Wolken heran. Na ja, ich wünsche euch eine gute Fahrt.« Wieder tippt er an seine Dienstmütze und will gehen: »Wenn ihr die Burg noch nicht kennt, dann stattet ihr gelegentlich mal einen Besuch ab. Lohnt sich, da oben gewesen zu sein. Wisst ihr, die alte Burg trotzt jedem Wetter, wie sie Jahrhunderte jedem Feind getrotzt hat, der sich ihrer bemächtigen wollte«, fügt er hinzu. Und etwas hochtrabend gibt er den dreien noch sein Wissen weiter: »Noch ist das Wetter klar. Aber nicht mehr lange. Ich spüre es in meiner Nase: Es gibt Regen. Und da oben, da wo ihr hin wollt, wird es schneien. Heute noch. Macht euch darauf gefasst!« Er schaut auf die Uhr: »Fünf vor sieben. Die Nacht ist vorbei, Leute. Es ist Dienstschluss für mich.« Er tippt wieder an die schrägsitzende Dienstmütze und will sich davonmachen, dreht sich aber noch mal ruckartig den Studenten zu: »Und das Buch mit den Veränderungen, die … die Jesus bringt, wo kann ich das kaufen? Wenn es nicht zu teuer ist, hätte ich's gern.«

»Wenn Sie es wollen, dann schenken wir es Ihnen«, meint Merkur.

Der Polizist holt seine rechte Hand aus der Tasche und streckt sie Merkur hin: »Klar doch! Und danke dafür! Ihr seid wirklich prima!«

»Wachmann, da ist noch etwas: Kommen Sie doch am Mittwochnachmittag um fünf in unseren Studentenkreis. Das wird Ihnen gefallen. Wir sind weit über dreißig Leute. Nicht nur wir Studenten sind dann da, sondern Leute aus allen Berufen; alles Wissensdurstige, die nach Lebensinhalte suchen. In brüderlicher Gemeinschaft feiern wir Jesus. Manchmal kommt auch unser Landrat. Wir erwarten Sie in der Sukhgasse 4«, strahlt Merkur Sinani den Wachmann an, überreicht ihm das Büchlein »Ein Mann verändert die Welt – Jesus« und verabschiedet sich per Handschlag.

»Das ist ein gutes Angebot«, meint der Polizist. »Wenn schon der Landrat kommt, mein Arbeitgeber, dann wage ich es auch«, murmelt er beim Gehen.

Seine Dienststiefel dröhnen über die Pflastersteine, immer schwächer werdend, bis er am unteren Ende der Gasse abbiegt und aus den Augen der drei jungen Männer verschwindet. Mehr und mehr geht das Licht über Gjirokaster auf.

An diesem frühen Morgen ist es nur eine Handvoll weiterer Fahrgäste, die der Fahrer an der Bustür mit sorgenvollem Gesicht begrüßt: »Leute, ich habe von der Buszentrale die Nachricht bekommen, dass es dort oben im Gebirge angefangen hat zu schneien. Ob wir überhaupt Zagori erreichen, bleibt fraglich. Ich will es euch wissen lassen, damit niemand enttäuscht ist, wenn wir, sagen wir, nur bis Polican kommen und dort umkehren müssen. Wer mitfahren will, der steige jetzt ein!«

Pastor Olti ist eingetroffen und schart die drei Studenten neben dem Bus um sich, denn jetzt muss schnell beraten werden. »Wenn da oben in den Alpen alles voll Schnee liegt, ist es dann sinnvoll, die lange Strecke dorthin zu unternehmen? Schließlich müssen wir heute auch noch zurück.« Die vier schauen sich an. Jeder ist dabei, innerlich zu »hören«, wie der Wille Gottes aussieht. Und still nicken sie, sodass jeder vom anderen weiß: Wir fahren, in Jesu Namen!

Der Bus windet sich die Bergstrecke hoch. Schnee fällt. Es sind dicke Flocken. Und die dunklen Wolken, die an den alpinen Bergen kleben, sprechen eine deutliche Sprache: Es wird weiter schneien. Und zwar heftig!

Der Busfahrer kündet unterwegs an: »Wir haben noch eine Viertelstunde bis Polican. Wie mir scheint, werden wir hier umdrehen und nach Gjirokaster zurückfahren. Ich habe es euch gesagt!« Die vier jungen Männer schauen sich vielsagend an und nicken. Und dieses Nicken bedeutet: »Der Bus muss zwar umkehren, wir aber gehen zu Fuß weiter.« Gesagt, getan!

Doch die Kälte dringt durch die viel zu dünne Kleidung. Die Männer aber stapfen mutig durch den Schnee. Olti setzt im frischen Schnee die Spur, damit die drei Nachfolgenden in seine Fußstapfen treten können; ihre Hände vergraben sie tief in ihre Hosentaschen.

Fünf Kilometer liegen noch als steile Strecke vor ihnen. Sie wollen es schaffen, ins Bergdorf zu kommen, denn die Leute erwarten sie. Beim letzten Besuch haben sie davon gesprochen, miteinander eine Weihnachtsfeier zu gestalten. Denn Weihnachten ist Festzeit. Und was tatsächlich im Stall zu Bethlehem seinen Anfang genommen hat, ist nun bis auf den heutigen Tag für alle Welt ein Fest geblieben: Der Retter der Welt ist geboren – für jeden von uns!

Zwischendurch müssen die vier jungen Männer verschnaufen. Aber lange stehen bleiben wäre gefährlich. Also wagen sie noch einen Kilometer – und noch einen Kilometer –, bis sie die ersten Häuserumrisse erkennen.

Aber was ist das? Plötzlich heulen in der Nähe Kinder. Kinder? Ein Schauer erfasst die vier: Wölfe! Da sind sie – die gefürchteten Wölfe! Es muss ein ganzes Rudel sein, denn ihr Bellen wird stärker, keine zwanzig Meter von den Männern entfernt. Ihr Aufheulen wird immer lauter. Liegen sie hinter dem Felsvorsprung bereits auf der Lauer, um die Schneewanderer anzugreifen? Und wenn sieben Wölfe heulen, schweigen sicher weitere fünf, um die beste Raubgelegenheit nicht zu verpassen. Sie liegen offensichtlich hinter dem nächsten Felsvorsprung! Die Männer stehen wie angewurzelt im Schnee. Weitergehen? Das erneute Wolfsgeheul geht ihnen durch Mark und Bein. Sokol Ruko, der 23-jährige Medizinstudent, ruft es den anderen zu, obschon seine Wangen von der Kälte wie versteinert sind: »Ich sehe glühende Augen. Dort!« Merkur Sanini, der kaum ein Wort aus seinem Munde bekommt, weil die Kälte auch seine Gesichtszüge eingefroren hat, ruft: »Ja! Ich sehe sie! Brüder, hier stehen Bäume. Das ist unsere Rettung!« – »Auf die Bäume!«, ruft Olti. Das bedeutet einige Mühe. Ihre Glieder sind von der Kälte steif. »Beeilt euch!«, schreit Olti mit letzter Kraft: »Die Wölfe schleichen sich schon heran! Ich sehe sie deutlich!« Mario Tushi hat am meisten Mühe, den Baumstamm hochzuklettern. Wohl in letzter Minute schafft er die drei Meter bis zum nächsten Ast, der stabil genug ist, um sich daraufzustellen. »In letzter Minute gerettet!«, sagt Mario laut schnaufend vor Anstrengung vor sich hin: »Das war Maßarbeit vom lieben Gott!«

Sokul ruft es den anderen zu: »Ich zähle elf – nein – zwölf Wölfe.« Wie auf ein unhörbares Kommando springen die Wölfe hoch, um sich vorerst unter den Bäumen zu versammeln. »Puh, wir wären fast in ihre Falle gelaufen!« Merkur spricht es zuerst laut aus: »Herr Jesus, Dank für die Rettung!« Das Rudel beginnt, sich unter die Bäume zu verteilen, auf denen sich die vier Männer in Sicherheit gebracht haben. Das Holz ist so kalt, dass jeder Mühe hat, den Stamm zu umarmen. Wie gut, dass sie alle Profilsohlen unter ihren Schuhen haben. Da lässt sich mit den Füßen ein sicherer Halt schaffen.

Die Wölfe heulen bestialisch. Sie kommen wahrscheinlich aus den noch höher gelegenen Wäldern der alpinen Berge und suchen in den tiefer liegenden Orten und Bauernhöfen nach Futter. Die hungrigen Tiere machen keine Anstalten, weiterzulaufen. Einige von ihnen haben sich in den tiefen Schnee gelegt – gleich unter den Bäumen, auf denen sich ihre »Beute« befindet. Gelegentlich jaulen sie hungrig. Mario mag nicht nach unten zu den Tieren schauen, denn dann wird ihm schwindelig. Wie gut, dass sie sich gegenseitig über ihr Befinden informieren können. Zunächst sind sie darüber glücklich, sich selber und auch ihre Schultertaschen in Sicherheit zu wissen. Der kalte Wind frischt hin und wieder auf, den sie durch ihre dünnen Jacken zu spüren bekommen. Merkur durchschießt der Gedanke: Wenn einer von uns es nicht schafft, diese Kälte auszuhalten und vom Baum stürzt … was ist dann? Er verwirft diesen Gedanken sofort wieder!

Und die wartenden Dorfbewohner? Ob sie das nahe und starke Wolfsgeheul in ihren Häusern hören oder sich Gedanken machen, ob die Gruppe aus Gjirokaster in Schwierigkeiten gekommen ist? Doch vom Dorf her rührt sich nichts. Olti sieht, dass der Rauch aus den Schornsteinen sich sofort auf die Dächer niederdrückt. Das heißt nichts anderes als: Der Schnee wird noch eine geraume Zeit fallen.

Als zwanzig Minuten vergangen sind, liegen die Wölfe immer noch unter den Bäumen, auf denen sie ihr »Futter« wissen. Mario klagt darüber, dass sein rechtes Bein sich verkrampft. Merkur hält seine rechte Hand vor den Mund, um sie aufzuwärmen; mit der linken drückt er den Baumstamm fest an sich. »Oh Gott, wie lange sollen wir hier auf den Bäumen ausharren? Gibt es nicht eine Möglichkeit, dass die Wölfe abgelenkt werden?« Sokul bemerkt, dass es ihm im Kopf komisch und leicht wird. Er spürt die Leere darin. Mario und Olti vereinbaren, gemeinsam nach Hilfe zu rufen. Vielleicht hört irgendjemand im Bergdorf das Notgeschrei. Für einen Augenblick verstummt das Geheul der Wölfe. Dann setzen sie ihr Wimmern und Geheule umso heftiger fort. Gibt es keine Hilfe in solcher Notlage? Mehr als eine Stunde ist inzwischen vergangen. Die Tiere fangen an, unruhig aus dem Rudel zu schwärmen. Haben sie anderswo Beute gerochen? Aber die verbliebenen fünf starken Wölfe, die unter den Bäumen liegen, haben sich in Wartestellung im Schnee eingegraben. »Oh Gott! Wir brauchen Hilfe!« Olti merkt, wie ihm vor Kälte jedes Gefühl aus den Beinen schwindet. Die Knie spürt er überhaupt nicht mehr. Doch er mag seinen miserablen Zustand seinen Kameraden nicht mitteilen, denn Olti ahnt: Es wird ihnen wohl nicht besser ergehen. Alle vier haben inzwischen ihre Stoßgebete zum soundsovielten Male erneuert: »O Herr Jesus, hilf uns!« Merkur betet still vor sich hin: »Herr, du großer Gott, hilf mir! Wenn ich vom Baum herunterfalle, bleibt von mir nicht viel übrig.« Der starke Frost scheint noch immer zuzunehmen. Und wenn der Abend kommt, werden die Wölfe über Nacht weiterhin unter den Bäumen wachen? Jetzt ist jedes dieser Tiere als dunkler brauner Fleck deutlich zu erkennen. Aber was wird, wenn die Nacht hereinbricht? Dann sind die Tiere nur schwer zu sehen. Die vier jungen Männer vereinbaren, gemeinsam den Namen Jesus auszurufen. Und sie tun es. Von fern ist das Echo zu hören: »Jesus! Jesus!« Dieses Echo bleibt den Männern in den Ohren.

Unten im Schnee regen sich plötzlich die Wölfe, stellen sich kurz zusammen und heulen ins früh dunkel werdende Tal hinein. Dann verschwinden sie. Oder haben sie sich doch nur auf Abstand entfernt? Als eine weitere Viertelstunde verstrichen sein mag, ist ihr Geheule nur noch in der Ferne zu vernehmen.

Wie auf Kommando steigen die Männer vorsichtig von den Bäumen herunter. Mario schüttelt sich vor Kälte, als er im Schnee steht, und versucht, die ersten Schritte zu gehen. Er stolpert. Olti hilft ihm auf: »Lasst uns vorsichtig weitergehen. Immer in der Nähe der Bäume. Sollte Gefahr drohen, werden wir uns erneut auf die rettenden Stämme schwingen müssen.« – »Aber ich werde es wohl kaum schaffen, noch einmal einen Baum zu erklimmen«, meint Merkur. Die Gruppe stapft schwerfällig durch den tiefen Schnee. Schon längst hat der Wind die Wolfsspuren verwischt. Ohne noch ein Wort zu sagen, setzt die Gruppe Schritt um Schritt in Richtung des Bergdorfes. Ihre Arme und Beine, ja der ganze Körper scheint wie ein Eisklotz zu sein, aber ihre Herzen sind voll von Dank für die Rettung aus so großer Not.

Längst hat sich die Dunkelheit auf die weiße Schneefläche gelegt. Doch dann stehen sie endlich vor dem ersten Berghaus am Dorfrand, wo sie immer eine offene Tür gefunden haben, um sich mit den Menschen dieses Dorfes zu treffen und ihnen das Evangelium zu erklären, das ihnen bis jetzt völlig unbekannt war. Einmal im Monat treffen sich die Bergbewohner mit Pastor Olti und einigen Studenten, um mit ihnen zu beten und auf ihre vielen Glaubensfragen gute Antworten zu bekommen.

Nun stehen sie vor diesem Haus mit der »offenen Tür«. Sie haben es geschafft! In den Fensterscheiben ist flackerndes Licht aus Petroleumleuchten zu erkennen: Die Dorfbewohner sind noch immer beieinander. Olti klopft an die Holztür. Die vier, die draußen stehen, hören, wie Kinder und Erwachsene in der Wohnstube anfangen zu jubeln: »Nun sind sie da! Sie sind doch gekommen!«

Die Bergbewohner merken sofort, dass sich die Kälte nicht nur in den Gesichtern der vier jungen Männer rot eingefrostet hat.

»Jetzt braucht ihr vorsichtig Wärme, um wieder aufzutauen!«

Frauen sind dabei, Decken am Ofen anzuwärmen, um sie dann behutsam auf die jungen Männer zu legen. Am meisten schüttelt sich immer noch Mario, dessen Zähne klappern.

Olti ruft die Bergbewohner auf, Gott zu preisen für die Rettung, die sie am Dorfrand vor den Wölfen erlebt haben. Die Bergbauern gehen daran, vorsichtig, aber doch mit geschickter Hand die Füße und Beine, die Hände und Arme der Studenten zu massieren.

Für den Durst ist auf der Feuerstelle eine Hühnersuppe gewärmt. Und sie tut gut. Die Leute aus dem Bergdorf hören staunend, wie eine Katastrophe nicht weit von ihren Häusern hätte eintreten können, wenn nicht die bewahrende Hand Gottes über den jungen Männern gelegen hätte. »Gott ist gut!«, sagt die Großmutter. Und bedächtig wiederholen es alle in der warmen Stube: »Gott ist gut!«

So elendig sich die vier jungen Männer auch fühlen, langsam tauen sie in der warmen Stube dieses Berghauses auf. Olti hat aus seiner Tragetasche mit noch steifen Fingern die ersten Büchlein herausgezogen. Zuerst greifen die Männer nach diesen Schriften und buchstabieren: »Ein-Mann-verändert-die-Welt: Jesus«. Nun kann das Weihnachtsfeiern beginnen. Olti liest die Weihnachtsgeschichte aus dem Evangelium nach Lukas und erklärt das Geschehene in Bethlehem: »Jesus wurde in die Welt geboren, die für ihn viel gefährlicher war, als das, was wir in den letzten Stunden beim Bergaufstieg und dann auf den Bäumen erlebt haben. Jesus drohte von Anfang an durch Menschenhand der sichere Tod. Und das alles tut er, weil sein Herz glüht vor Liebe. Seine Sehnsucht, uns aus der schrecklichen Macht des Teufels zu retten, spüren wir in seinen Worten: ›Kommet alle zu mir, siehe, ich will euch Frieden schenken! Ja, kommt alle zu mir, denn ich will euch frei machen – von Angst, von Wut, von der Blutrache, von all eurer Not. Alle eure Sorgen werft auf mich‹, sagt der Herr Jesus. ›Ich sorge für euch‹. Und weil Jesus mit seiner Retterliebe uns glücklich gemacht hat, darum sind auch wir …« Draußen ist heftiges Kindergeschrei zu hören. Ein Mädchen kommt in die Stube und bleibt weinend an der Tür stehen: »Meine Mutter soll ein Baby bekommen. Aber das Baby kommt nicht. Mutti weint seit heute Morgen. Sie hat große Schmerzen. Kommt! Helft! Mutti hat keine Kraft mehr, auf dem Schlitten ins Tal zur Krankenstation zu rutschen. Sie schafft es nicht! Helft, bitte! Schnell, sonst stirbt sie!« Das Mädchen ist völlig außer Atem. Sie wischt sich mit der einen Hand den Schnee vom Haar und gleichzeitig mit der anderen Hand die Tränen aus dem Gesicht. Als sie den Schnee von ihren Gummistiefelchen stampft, ist es im Raum ganz still geworden. Alle schauen betroffen zu ihr hinüber. Jemand fragt: »Und wo ist dein Papa?« Kann das Mädchen die vielen Blicke, die auf es gerichtet sind, nicht aushalten? Sie legt ihren Arm vor die Augen: »Mein Papa! Mein Papa ist nach unten in die Stadt gefahren. Er sucht ein Auto dort, damit es hier heraufkommt, um Mutti zu holen.« Und dann weint das Kind eine Weile ungeniert. Es holt wiederholte Male tief Luft: »Um Mutti abzuholen! Aber es gibt so viel Schnee.« Das Weinen des Kindes geht allen zu Herzen. »Ich halte es zu Hause nicht mehr aus. Mutti weint. Sie schreit wie wild. Ich habe Angst, Mutti stirbt. Sie hat viele Schmerzen, aber jetzt weint sie kaum noch. Kommt! Helft mir!«

In Sokul werden helfende Kräfte wach. Noch längst hat er sein medizinisches Examen nicht in der Tasche. Aber er kennt sich aus, wenn es ums Helfen geht: Das hat er aus dem Evangelium. Auch Mario und Merkur gehen auf das Mädchen zu, nehmen ihr den Arm aus dem Gesicht und trocknen mit ihren Händen die Tränen des Kindes: »Ärzte sind wir nicht. Aber helfen wollen wir. Ich komme mit dir. Wo wohnst du?« Olti ist dabei, seine Schuhe anzuziehen, die unter dem Ofen zum Trocknen stehen und sich doch noch klamm anfühlen. »Sag, wie heißt du denn?«

»Erta! Ich bin die Erta. Aber nun kommt!« Sie trippelt zur Tür und winkt heftig mit dem Arm: »Kommt, schnell!«

Das ganze Zimmer ist plötzlich im Aufbruch. Olti hebt die Hand: »Wir werden helfen. Ist es nicht die Nacht, in der vor rund 2000 Jahren auch ein Baby geboren wurde, das Jesus heißt, was ›Retter‹ bedeutet? Und jetzt wird wieder ein Baby zur Welt kommen. Wir gehen hinaus, um zu retten. Hier habt ihr weitere Hefte, die ihr miteinander in der Runde lesen könnt. Ich empfehle euch das Büchlein von Professor Gerhard Jan Rötting ›Die sieben größeren Weltwunder‹. Lest diese Schriften! Wir kommen bald wieder, um zu sehen, wie es euch geht.«

»Ihr wollt wirklich den Rückweg antreten?«, fragt die Großmutter besorgt.

»Ist das nicht zu gefährlich?« – »Bedenkt den hohen Schnee, die heulenden Wölfe, die dunkle Nacht!« Olti beruhigt die Fragenden: »Ein Kind will in die Welt kommen. Da müssen wir helfen. Macht euch keine Sorgen! Und wer beten kann, der soll für uns beten. Seid miteinander gesegnet – in Jesu Namen.« Olti bemerkt, wie einige Männer verschwinden und wundert sich. Bleibt keine Zeit, um sich zu verabschieden?

Noch einige Augenblicke steht das Mädchen an der Tür; es wird mit seiner Ungeduld kaum fertig. Es tritt von einem Fuß auf den anderen. Oder ist es doch nur, weil es kalte Füße hat? Schon haben die vier jungen Männer aus Gjirokaster ihre Jacken angezogen, als die Männer, die soeben verschwunden sind, nach und nach wieder in die Stube treten. Sie haben warme Hosen gebracht. Jemand breitet eine Jacke aus. Einer der Bergbauern hebt einen wollenden Pullover hoch: »Ihr Studenten, das ist für euch. Ihr sollt nicht frieren. Und seht, wir haben vier Laternen mitgebracht. Sie sind mit Petroleum aufgefüllt. Sie brennen noch sechs Stunden. Bringt sie uns demnächst wieder zurück, weil wir sie brauchen – sei es in den Ställen, sei es in unseren Stuben.«

»Wölfe mögen Feuer nicht. Sie meiden solche Lampen. Also sind sie für euch Schutz«, meint einer der Alpenbauern.

»Was Wölfe auch nicht mögen: Wenn man laut schreit, sodass ihr Wimmern und Heulen übertönt wird von Menschenstimmen. Dann fliehen sie«, meint ein Nachbar, als er Sokul in eine daunengefüllte Steppjacke hilft. Olti spricht ein Gebet, in dem er den himmlischen Vater lobt »für das neue Leben, das im Kommen ist«. Und er hat sicher mehr gemeint, als dass ein Kind jetzt zur Weihnacht geboren werden soll. »Ja, das Leben ist erschienen. Durch Jesus, der uns so herzlich liebt, dass er uns ständig in seiner Nähe haben möchte. Amen. Seid glücklich! Denn das Leben ist erschienen!«

Im Nachbarhaus schauen Olti und die drei Studenten die schwache, schmerzgeplagte Mutti an: Hier ist dringend Hilfe nötig. Schnell legen sie die Decke, die die Oma gebracht hat, über Hyde, die nur leise wimmert. Opa bedankt sich bei den jungen Männern: »Habt ihr ein Auto dabei?«

»Aber nein, Opa! Ein Fahrzeug besitzen wir nicht. Aber wir glauben an Jesus Christus, der uns Kräfte verleiht, deine Tochter ins Tal zu tragen. Jesus macht es möglich, das Leben deiner Tochter zu retten und das neue Leben, das im Kommen ist, zu bewahren!«

Mario und Merkur gehen voraus in den Schnee, jeder mit einer Laterne in einer Hand. Olti und Sokul reichen sich die Hände so, dass die Mutti sich auf ihre Arme setzen kann. Sie schlingt ihre Hände um die Nacken der jungen Männer. Sie jammert still vor sich hin, wenn ihr ganzer Körper zuckt. Das Laternenlicht widerspiegelt ihren Schein in den Millionen Schneekristallen. Erta, das Mädchen, verabschiedet sich von ihrer Mutter: »Ich käme so gerne mit dir, Mutti. Aber ich bleibe bei Opa und Oma und sorge dafür, dass das Feuer im Ofen nicht ausgeht. Und ein wenig Essen kann ich ihnen auch machen. Mutti! ... Mutti!«, jammert die Zehnjährige, als sie mit ihren Großeltern ins Haus zurückkehrt, »Mutti, bitte nicht sterben!«

Mit ihren neugewonnenen Kräften aus der warmen Bauernstube, durch die heiße Suppe und die gute Massage durch die Bauern, stapfen die vier jungen Leute aus Gjirokaster den Berg hinab. Es hat aufgehört zu schneien. Alle zehn Minuten etwa wechseln sich die Männer mit dem Tragen von Frau Hyde ab. Lange können sie sich beim »Umladen« nicht verweilen: Die Decken werden schnell sortiert und auf die Arme der nächsten beiden Träger gelegt, auf die dann die still weinenden oft plötzlich aufschreiende Mutter gesetzt wird.

Der anstrengende Abstieg wärmt die Träger, macht sie zugleich aber auch müde. Unterwegs erkundigen sich die jungen Männer nach ihrem Befinden und versuchen, sie stets zu beruhigen. Manchmal scheint sie genau hinzuhören, was die vier jungen Träger an Fragen an sie richten. Sokul prüft regelmäßig den Puls der Mutter, der manchmal rasend schlägt und dann hin und wieder gar nicht »gefunden« wird.

Der musikalische Mario hat ein besonderes Gehör für Töne. Und so lauscht er, ob in der Ferne das Heulen und Bellen der Wölfe zu vernehmen ist. Seine »Entwarnungen« beruhigen die drei anderen. Wie gut, dass die Bergbauern ihnen die vier Petroleumlampen mit auf dem Weg gegeben haben, die die hungrigen Wölfe abschrecken.

Merkur bekommt in seinem rechten Arm einen Krampf. Das Tragen der Mutter kostet Kraft. Viel Kraft. Für alle vier jungen Männer ist der Abstieg im Schnee eine Tortur. Der Krampf löst sich in Merkurs Arm schneller als gedacht. Olti ist für ihn eingesprungen. Gelegentlich stöhnt die Gebärende laut auf. In ihren Schmerzen schreit sie: »Allah, strafe mich nicht mit diesem Kind im Bauch!« Die jungen Männer trösten sie. Sie reden darüber, was Jesus einst zu seinen Jüngern gesagt hat: »Ich lebe und ihr sollt auch leben!« Die vier kommen sich dabei nicht komisch vor, wenn sie der mitunter fast leblos wirkenden Mutter Mut machend sagen: »Jesus, unser Herr, wird dich retten. Er schenkt dir und dem Kind das Leben!« Und sie erklären einander, was der Apostel Paulus den Christen in Rom geschrieben hat: »Keiner von uns lebt sich selbst. Keiner stirbt sich selbst. Leben wir, so leben wir dem Herrn … Denn wir sind des Herrn. Er ist über alle Lebenden der Herr.«

Mario Tushi wundert sich, als die Mutti wiederholte Male nach dem Leben fragt, von dem Paulus gesprochen hat. »Gilt das für jeden Menschen?« Und er flüstert es ihr als Antwort ins Ohr: »Jesus, Gottes Sohn lebt in uns Christen. So hat der Apostel Paulus es uns wissen lassen. Er sagt noch mehr, nämlich: ›Was ich lebe, das lebe ich im Glauben an den Sohn Gottes, der mich geliebt hat.‹ Und so glauben wir Christen heute noch.«

Es vergehen die Stunden. Das Tragen der

werdenden Mutter schaffen die vier wirklich gut, obschon sie die Anstrengung in Armen und Beinen sehr spüren. Ist am Horizont schon ein leichter Tagesschimmer zu entdecken? Hier in den albanischen Alpen kommt das Morgenlicht fast urplötzlich. Noch gehst du im Dunkel und schon entdeckt das Auge am Berghorizont den Schimmer. Noch einmal prüft Sokul den Puls der Mutter. »Könnten wir doch schneller vorankommen! Ich weiß nicht, ob wir es mit ihr schaffen! Ich fühle bei ihr keinen Puls mehr.«

»Aber was wird werden«, fragt Mario besorgt, »wenn das Kind plötzlich zum Vorschein kommt? Wir haben doch gar keine Möglichkeit, dem Kind und der Mutter zu helfen?«

»Ich habe mich noch nie im Studium darum gekümmert, wie das ist, wenn ein Kind zur Welt kommt!«, lässt Sokul seine Freunde wissen. Die Vier wechseln sich nun öfters beim Tragen ab. Sie wollen schnell vorankommen. Und sie merken, wie ihre Kräfte abnehmen. Vier lange Stunden sind sie bergab gegangen. Und dann …! Die ersten Häuser von Polican sind in Sicht! Es ist, als ob den jungen Männern neue Kräfte zugelegt werden. Merkur, der Sänger, summt kurz eine Melodie an.

Die Krankenstation in dem kleinen Ort Polican ist bald gefunden. Licht brennt in den Räumen. Ob noch jemand dort behandelt wird? Als die Sanitäterin, die gleichzeitig auch im weiten Bezirk die Hebamme ist, die Tür öffnet, sehen die vier jungen Männer aus Gjirokaster eine Männergestalt hinter ihr stehen. Es ist der Mann der Hyde. Er hatte die Hebamme mit seinem Auto holen wollen, aber die Fahrt ist an den heftigen Schneefällen gescheitert. Er hat sich hier aufgehalten, weil er hoffte, seine Frau könne von oben mit einem Schlitten heruntertransportiert werden, um hier in der Krankenstation ihr Baby zu bekommen. Es wurden Stunden verzweifelten Wartens für ihn: »Wie mag es Hyde gehen? Warum bringt sie niemand hierher?«, fragte er. Aber jetzt ist sie da – von Männern getragen!

Die Liege für die Geburt wird schnell hergerichtet. Vorsichtig legen die Studenten die sehr schwache Hyde darauf. Die Hebamme bemerkt: Hydes Füße und Hände sind angefroren. Nun eilt die Zeit. Was kommt zuerst? Die Geburt und dann die Behandlung der Froststellen? Aber was sieht die Hebamme außerdem? Auch die Hände und Arme der Studenten sind stark vom Frost gezeichnet. Die Männer sind nicht in der Lage, ihr Schuhwerk mit den gefrorenen Fingern von den Füßen zu entfernen. Alban, Hydes Mann, packt bei den Studenten zu. Die Hebamme verbringt ihre Zeit bei der Gebärenden, deren Kreislauf fast zusammengebrochen ist. Und es fehlen ihr die Kräfte für die Geburt. Das Baby scheint festzustecken. »Aber das Kind lebt!«, sagt die Hebamme beruhigend zu Hyde.

Die Wärme in der Krankenstation erlaubt es, dass die vier jungen Männer ihre Kleidung ausziehen können. Währenddessen springt Alban von einem zum anderen Zimmer. Gern würde er nur bei seiner Frau Hyde sein und wenn es ginge, nur ihre Hand halten. Doch er weiß: Die Retter brauchen ihn auch. Sollte seine Frau diese schwere Geburt überstehen, dann hat sie es diesen vier jungen Leuten aus Gjirokaster zu verdanken. Er reibt vorsichtig die gefühllosen

Arme und Hände, die Beine und Füße der vier, schenkt ihnen zwischendurch immer wieder den schnell bereiteten warmen Tee in Plastikbecher ein, schmiert ganz dünn die Wundsalbe auf die tiefroten Hautpartien seiner »Patienten« und erfährt dabei, wie der stundenlange Abstieg durch Schnee und Kälte verlaufen ist. Als Merkur dann noch von den Wölfen erzählt, die beim Aufstieg plötzlich vor ihnen auftauchten, ertönt aus dem Nebenzimmer ein Babyschrei! Und noch einmal dieser Babyschrei! Die helle Stimme der Hebamme lässt alle wissen: »Wir haben ihn! Es ist geschafft! Geschafft! Es ist ein gesunder Junge! Ja, es ist geschafft!«

Mario schaut auf seine Armbanduhr: »Brüder, es ist zwar noch früh am Tage. Aber es ist der 24. Dezember. Es ist Weihnachten. ›Ein Sohn ist uns geboren!‹« Und er summt die Melodie »Gott ist so gut zu uns!« Olti schaut seine drei Brüder an: »Wir waren rettend dabei, als der neue Erdenbürger heute zur Welt kam. Aber noch größer ist das andere Wunder, das in Bethlehem geschah.

Die Hebamme bittet die vier Retter, einen Blick ins Nebenzimmer zu werfen – trotz der beißenden Frostbeulen, die sich an ihnen gebildet haben. Da liegt das Neugeborene still im Arm seiner glücklichen Mutter.

Sokul findet als Erster ein Wort der Bewunderung: »Die kleinen Fingerchen! Schaut, der schmale Mund, der sich ein wenig bewegt. Und nun der erste Augenaufschlag: Der Junge will uns begrüßen! Alles – so ist mir – wie einst im Stall von Bethlehem!«

Frau Hyde versucht, sich aufzurichten: »Ihr seid meine Retter. Auch für unseren Sohn seid ihr vier die rettenden Träger. Ich werde dem Jungen von euch erzählen, wenn er groß ist. Aber noch hat unser Kind keinen Namen. Als ihr mich bergab getragen habt, hörte ich euch trotz der Schmerzen zu, wie ihr von Jesus, dem Herrn geredet habt. Und über den Apostel Paulus habt ihr euch unterhalten. Was meint ihr: Könnte unser Sohn ›Paulus‹ heißen?«

»Ein wunderbarer Name für ein Kind mit

muslimischen Eltern. Kommt, Brüder, wir segnen mit Dank den Kleinen.«

»Und wir Eltern?«, fragt Alban, »Bekommen wir keinen göttlichen Segen? Das ist für mich undenkbar!«

Hyde, die ihren Sohn in den Armen wiegt, lacht und weint gleichzeitig: »Während des ganzen schmerzlichen Transportes bergab bin ich und der kleine Paulus zwar von euch getragen worden, aber mir war, als ob ein noch Stärkerer euch Kraft zum Tragen gab und auch mich und mein Kindchen trug.« Sie schaut ihren Mann liebend an: »Alban, wir haben nicht darüber gesprochen. Aber heute möchte ich Christin werden und in aller Zukunft von Jesus getragen sein. Verstehst du mich?« Alban nickt ihr zu.

Die Hebamme kommt mit einer Wärmflasche zur Tür herein: »Störe ich etwa?« – »Keineswegs«, meint Alban und nimmt ihr die Wärmflasche aus der Hand. »Du kommst gerade recht, damit Hyde und ich uns bei dir für alle Hilfe bedanken können. Aber für die wesentlich größere Hilfe wollen wir uns beim Gott der Christen bedanken. Er hat uns seine vier Boten geschickt, die Hyde und das Kindchen retteten.«

Alban klopft mit seiner großen Bauernhand auf die Schultern der vier Männer aus Gjirokaster. »Ich denke, euer Gott hat euch willig gemacht, Leben zu retten. Das ist gelungen. Ihr seid für uns Segensträger. Darum bitte ich um zwei Dinge. Erstens: Ich möchte zu euch gehören. Und Hyde auch. Zweitens: Segnet uns und den kleinen Paulus, bitte!«

Die vier jungen Christen schauen sich an, nicken still, womit sie einander bekunden: Wir vier sind eins in der Jesusgesinnung und bejahen die Bitten. »Wir entsprechen eurem Wunsch«, sagt Olti, sieht aber zugleich: Die Hebamme ist, ohne ein Wort zu sagen, niedergekniet. Sie weint. Die Krankenstube ist voll heiliger Gegenwart. Schließlich bringt sie es heraus: »Ich habe es gleich gewusst, als ihr zu viert vor der Tür unserer Krankenstation standet mit Hyde auf den Armen: Ihr seid etwas Besonderes. Ihr seid Gottes Helfer. Bitte, segnet auch mich.«

Als Pastor Olti ein Hingabegebet gesprochen hat, legen die vier aus Gjirokaster ihre rot angefrorenen Hände zuerst auf Hyde und Alban, dann auf das kleine Haupt des Kindes, preisen den himmlischen Vater für seine Rettungskräfte und nennen den Jungen »Paulus«. Dann legen sie den wunderbaren Jesus-Namen auf die Hebamme und segnen abschließend die vier: die Eltern und ihr Kindchen, dazu die Hebamme. »Seid gesegnet in Jesu Namen. Er, Jesus, Gottes eingeborener Sohn, sagt es auch euch: Ich lebe. Und auch ihr werdet leben. Denn wer Mich liebt, der wird von Meinem Vater geliebt werden! Amen.«

Die drei Studenten und ihr Pastor Olti werden noch an diesem Weihnachtstag in die Klinik nach Gjirokaster gefahren, denn ihre Erfrierungen sind heftiger als zunächst von der Hebamme festgestellt werden konnte.

Tags darauf verbreitet die Ortzeitung die gute Nachricht von der hochschwangeren Frau und ihrer Rettung. Die Zeitung verschweigt nicht: Der Neugeborene soll »Paulus« heißen – ein christlicher Name.

Das lokale Fernsehen eilt ins Krankenhaus

und interviewt die vier jungen Männer, die diese Retter-Aktion heldenhaft durchführten.

Der Landrat trifft ein, um nach ›seinen jungen Brüdern‹ zu sehen.

Aus den Studentenkreisen in Gjirokaster werden für die vier ›Retter‹ Betttücher und Bettdecken gebracht. Auch das Essen und das Trinkwasser bringen die Mit-Studenten an allen zehn Krankenhaustagen für ihre vier Brüder. In Albanien müssen Patienten von den Angehörigen versorgt werden, wo jeder Kranke zwar wie ein »Privatpatient« behandelt wird, ohne dass er sich aber tatsächlich diesen »Luxus« auch leisten kann, denn die Bevölkerung ist durchweg arm.

Die muslimischen Eltern unserer »Helden« – wie das Fernsehen sie nennt – lassen uns alsbald wissen: Nun sorgt euch gefälligst um »euer Personal«. Und das tun wir auch. Mission »Ost-West« übernimmt sowohl die Arzthonorare, als auch die Krankenhauskosten und die Medikamente für unsere Brüder.

Diese Geburt – pünktlich zur Weihnachtszeit – ist in Süd-Albanien zu einem Zeichen der Liebe Gottes geworden. Es wird darüber gesprochen – von Haus zu Haus, von Dorf zu Dorf, von Stadt zu Stadt: »Am Gott der Christen muss doch Wahres ›dran‹ sein. Sonst hätte dieses Wunder nicht passieren können.« Jemand meint: »Die praktische Liebe der Christen ist ja noch stärker als ihre Worte. Das überzeugt uns.«

Wartet denn niemand auf mich?

2

In Europa ist vor wenigen Jahren ein neuer, kleiner Staat entstanden – das Kosovo. Hier leben rund 1,8 Millionen Menschen – ein kleines, mutiges Völkchen, das zu allermeist einen muslimischen Hintergrund hat.

Erstmalig komme ich 1988 in das Kosovo, als es noch serbische Provinz ist und werde von einer Lehrerfamilie eingeladen. Der Schulrektor hat absolut keinen »Draht« zu den Kommunisten. Ebenso wenig pflegt er eine innere Verbindung zum Islam: Er sucht Anderes, Neues und spricht mich deswegen an. Und was geschieht? Er findet heraus: Es geht bei unserem Gedankenaustausch nicht um Themen wie »Kommunismus« oder »Islam«, sondern um eine Person: nämlich den auferstandenen und gegenwärtigen Herrn Jesus, der die Welt verändert und rettet. Das geschieht heute: Durch seine göttliche Liebe, die er uns Menschen anvertraut, versöhnt er uns mit dem lebendigen Gott. Was ist das für ein mächtiges Geschehen!

Während dieser Stunden des Gespräches, des Gebetes und der Freundschaft wird mir bewusst: Jetzt ist nicht nur der »Funke« der Liebe Gottes auf die Lehrerfamilie übergesprungen, jetzt werde ich regelmäßig in den Kosovo fahren, um diesen Funken weiterhin »anzublasen«. Denn als Christ habe ich die Berufung, das Feuer der göttlichen Liebe beständig zu schüren – auch wenn das Feuer jetzt nur ein »glimmender Docht« ist. Ich begreife: Im Kosovo ist ein Glaubensanfang gesetzt.

Doch wie sieht das »Anblasen« des Funkens im Kosovo aus? In den nun folgenden Jahren fahre ich wiederholte Male dort hin und bringe für meine kosovarischen Freunde die ›Gute Nachricht‹ mit. Gern rede ich über Jesus, unserem auferstandenen und gegenwärtigen Herrn und predige und unterrichte aus dem Neuen Testament.

Der Kreis der Zuhörer wird ständig größer. Immer mehr junge Menschen finden sich, die ihr Leben dem Retter der Welt – Jesus von Nazareth – anvertrauen. Und sie sind bereit, dieses Feuer ihren Landsleuten weiterzugeben, weil sie begriffen haben: Brennt in uns die Jesus-Liebe, dann werden andere um uns herum nicht an Kälte sterben.

Es entstehen Hauskreise. Hinzu kommt: Deutsche Freunde unterstützten mich, weil es genug arme Kinder im Kosovo gibt, die es wert sind, ihnen durch eine deutsche Patenschaft zu einer menschenwürdigen Existenz zu verhelfen. Wir bilden einheimische Diakone und Pastoren aus und ordinieren sie für ihre Verkündigungsdienste und für ihr humanitäres Helfen bei der armen Bevölkerung.

Und was dann geschieht, erregt im Kosovo Aufsehen: In Jahrzehnte verfeindeten Familien kehrt durch diese »jungen«, kosovarischen Christen Friede ein. Menschen versöhnen sich beim Hören des Evangeliums und beim Beobachten derer, die Jesus lieben.

Mission »Ost-West« baut ein Seminar in der west-kosovarischen Stadt Istog, weil junge Muslime sich nichts Dringenderes wünschen, als Gottes Wort kennenzulernen. Ohne dass wir auch nur irgendeinen »Druck« auf die Seminaristen ausüben, lassen sie sich taufen – auf den Namen des Vater und des Sohnes und des Heiligen Geistes. Meistens im nahen Fluss. Und das passiert nun jedes Jahr. Manchmal sind es 12 oder 20 junge Erwachsene, die Christen werden wollen. Vorletztes Jahr stehe ich sehr lang im Wasser: 42 junge Männer lassen sich taufen. Auch das spricht sich im Volk herum: In unserem kleinen Staat werden immer mehr Menschen Christen.

Wir haben im Kosovo nicht nur Freunde gewonnen. Vor drei Jahren brennt unser Missionsauto lichterloh – Brandstiftung.

Oder: Die Fensterscheiben in den Wohnungen unserer Mitarbeiter werden mit Steinen eingeworfen.

Der vierjährige Sohn unseres Pastors Arben wird gekidnappt. Bei seiner Entführung schreit der Junge derart heftig, dass sein Vater herzukommt und in letzter Minute seinen Sohn den beiden Entführern entreißen kann.

Unsere elf Mitarbeiter erhalten ständig Morddrohungen; auch für mich sind welche dabei. Wir nehmen sie zwar ernst, aber unsere Gebete – auch aus dem deutschen und kosovarischen Freundeskreis – haben uns bisher vor Schlimmerem bewahrt.

Vor zehn Jahren kommt der Journalist Bedri bei einer Autofahrt mit dem Fahrer ins Gespräch, unserem jungen Pastor Bekim, der dem Journalisten von Jesus erzählt. Wochen später: Bedri ist Christ geworden. Er lässt sich taufen, erhält bei uns die biblisch-theologische Ausbildung und wir ordinieren ihn als Pastor.

Wiederholte Male schlagen Islamisten ihn auf dem Universitätscampus und auf der Straße krankenhausreif, zuletzt im Frühjahr 2013. Fünf Tage liegt er mit angebrochenen Rippen, mit Arm- und Beinbrüchen und mit verletzten Nieren im Koma.

Wir fürchten um sein Leben. Als die Ärzte im Kosovo keine Hilfe mehr für ihn sehen, wird er in ein Hospital nach Tirana, der albanischen Hauptstadt, transportiert.

Dieser Vorfall wird in Albanien und im Kosovo bekannt. Als Pastor Bedri aus dem Koma erwacht, steht an seinem Hospitalbett der bekannte Fernsehdirektor Qani (sprich: Tschani, ein muslimischer Name). Dr. Qani ist durch seine Fernsehsendungen in fast jedem albanischen und kosovarischen Haus bekannt. Er hat von diesem Anschlag auf unseren Bruder Bedri gehört und ist beeindruckt von diesem Christen und sagt: »Pastor Bedri, durch die verschiedenen Anschläge, die Sie erlitten und überstanden haben, glaube ich an den Gott der Christen. Ich will Christ werden. Ich habe das Neue Testament gelesen. Auch die Bücher von Professor Rötting. Professor Rötting und Sie sollen mich taufen. Bald.«

Gott erhört Gebete. Pastor Bedri wird wirklich bald gesund. Ein weiteres Wunder vor unseren Augen! Inzwischen ist Herr Qani in Bischoffen getauft worden.

So führt uns der Herr Jesus im Kosovo Menschen aus verschiedenen Volksschichten zu: Arme Leute aus den ländlichen Dörfern und andere, die im Kosovo hohe Verantwortung tragen. Gottes Wort läuft durch das muslimisch geprägte Land und bewirkt neues Glaubensleben. Der Geist Gottes weht – wo er will.

Die winterlichen Straßen der kosovarischen Hauptstadt Prishtina liegen heute aber wirklich voll Schnee. Die Schneepflüge können gar nicht so schnell die Straßen freischieben, wie die dicken, herumwirbelnden Flocken sie wieder zudecken. Es schneit ohne Aufhören – nun schon den zweiten Tag. Gut, die Hauptstraßen sind einigermaßen freigeschaufelt, aber die Nebenstraßen und schmalen Gassen werden nicht geräumt. Da muss jeder sehen, wie er weiterkommt – sei es mit dem Auto oder zu Fuß. Deshalb sind auch nur wenige Menschen unterwegs. Wer nicht nach draußen muss, bleibt gern daheim.

Das Schuhwerk, das der 24-jährige Monteur Enrik an den Füßen trägt, ist nicht für solche Schneemassen geeignet. Darauf achtet er kaum. Sein Kopf ist voll mit unangenehmen Besorgnissen. Sein Herz klopft heftig. Doch nicht, weil er sich anstrengen muss, um durch den tiefen Schnee zu waten, sondern weil es voller Beklemmung ist.

Die dicken Schneeflocken wirbeln an diesem dunklen Spätnachmittag zu Hunderten um die soeben erleuchteten Straßenlaternen. Das Tummeln der dicken Flocken dauert nur kurz, denn sie sind schwer und legen sich schon bald irgendwo auf die weite Schneedecke, die leise, aber ohne Aufhören stets höher wächst. Jede schwere Flocke, die Enrik im Straßenlampenlicht nun beobachtet, scheint im freien Fall ihren Platz im weißen, weiten Feld von Millionen frostigen Kristallen zu finden. Und er? Befindet er sich nicht auch im freien Fall? Und niemand beobachtet ihn. Wie gern würde er sich – wie die Schneeflocken – in ein Meer von Millionen Kristallen legen. Irgendwo in der Hauptstadt. Lustlos stapft Enrik den Schnee platt und murmelt: »Da ist niemand, zu dem ich gehen kann.« Und stapft weiter – ziellos. »Allah, ich bin ratlos!«

Er kam in der Frühe mit dem Überlandbus von Ulcinj in Montenegro hierher, um seine Freundin zu sehen und die freien Tage mit ihr zusammen zu sein. Er wollte ihr von seinem ersparten Lohn zum neuen Jahr ein Geschenk kaufen, um ihr zu zeigen, wie gern er sie mag.

Und nun dies! Er ging gleich nach der Ankunft zu ihr. Niemand öffnete, als er an der Haustür klingelt. Ist sie einkaufen gegangen? Als Enrik noch einmal klingeln will, entdeckt er einen winzigen Zettel an der Innenseite des Haustürfensters geklebt. Ja, das ist ihre Handschrift. »Enrik, ich bin bei Ertil, meinem festen Freund. Bleib, wo du bist. Aus!«

Seit dieser Stunde – so kommt es Erik vor – befindet er sich im freien Fall. »Nicht willkommen! Aus!« Und nun irrt er seit Stunden durch Prishtina und weiß nicht weiter.

Seine Eltern wohnen am äußersten Ende des Kosovo in Radeshe, einem Bergdorf weit hinter Prizren. Bis zur Kreisstadt Prizren gäbe es eine Busverbindung. Aber wie soll er die letzten vierzig Kilometer bis nach Hause schaffen? Zu Fuß? Unvorstellbar!

Überall sind die Fenster erleuchtet, hinter denen Menschen wohnen. Sie haben es gemütlich warm, haben zu essen und zu trinken und freuen sich aneinander. Er meint, sie lachen zu hören. »Ich komme mir wie ein Ausgestoßener vor. Niemand wartet heute Abend auf mich.«

Da! Hört er richtig oder träumt er? Singen da Leute? Enrik sieht ein größeres Gebäude, in das Menschen hineingehen. Jedes Mal, wenn Leute die Tür dieses Hauses öffnen, dringt Singen an seine kalten Ohren. Ist die Tür auch für mich geöffnet?, fragt er sich. Es zieht ihn zu dieser Tür hin. Als er sie geöffnet hat, schlägt ihm Singen und Wärme entgegen. Er sieht junge Leute. Sind es vierzig oder sechzig? Sie singen! Als Enrik die Tür hinter sich schließt, schauen einige dieser Menschen zur Eingangstür, wo er fast verlegen steht. Aber er atmet die Atmosphäre ganz tief ein. Nach dem Singen geht ein Mann nach vorn ans Mikrofon. Jeder seiner kurzen Sätze tun dem fröstelnden Enrik im Herzen gut. »... Freude, die Gott uns schenkt, vergeht nie ...«

»Ich bin hier an der falschen Adresse. He, Enrik, das hier sind Christen. Eindeutig! Als Muslim kann ich hier nicht bleiben.« Er will gehen. Und doch ... hat der Mann am Mikrofon etwa recht? Schenkt der Gott der Christen Freude? Solche Worte hat er in der Moschee noch nie vernommen. Enrik setzt sich in die letzte Stuhlreihe und hört gespannt zu: »Was für eine Freude der lebendige Gott schenkt«, hört er den Mann sagen, »das schildert die Bibel in den leuchtenden Farben des orientalischen Lebens. Wir versetzen uns in die Welt der jüdischen Bauern, die zu einem Gastmahl bei Freunden zusammen sind. Es ist ein Kalb geschlachtet worden. Freudenmusik ertönt beim Essen. Das Beste wird angeboten, um die Gäste zu erfreuen. Keiner muss darben. Alles Gute ist in Hülle und Fülle vorhanden. Bei einem solchen Freudenfest schimmert nicht die Misere des Alltags durch. Bei niemandem. Solche Feste sind unvergessliche Höhepunkte für diese meist armen Bauern. Und so lädt Gott zum bevorstehenden Weihnachtfest ein. Du darfst kommen, wie du dich jetzt fühlst und befindest. Komm, so wie du bist – und nicht so, wie du dich selbst gern siehst. Und wenn du zum Stall von Bethlehem kommst, wo die Krippe mit dem Jesuskind drin steht – mit Josef und Maria, mit den Hirten vom Felde und den Weisen aus dem Morgenland, die alle miteinander um die neue Lebensmitte stehen, um Jesus, den Sohn Gottes in der Krippe anzubeten, dann bricht die Festfreude an. Es ist die göttliche Freude, die alles Elend der Welt überstrahlt. Wer die Einladung Gottes annimmt, der erfährt die unbeschreibliche Freude des Findens. Finde Gott! Er ist gewaltiger in seiner Liebe, als es die Kämpfe deines Lebens sind. Diese ›Gute Nachricht‹ verkündige ich euch am Tage vor Weihnachten: Kommt und freut euch! Amen.«

Enrik stößt seinen Stuhlnachbarn an und fragt flüsternd: »Stimmt es, was der Mann da vorn gesagt hat?« Der Angesprochene nickt ihm zu: »Pastor Bedri Hoxha ist kompetent!«

Sieht so ein Pastor aus? Noch nie im Leben hat Enrik einen Pastor gesehen, geschweige denn gehört. Die Hoxhas, die Vorbeter in den

Moscheen, die er kennt, beten in den Moscheen in arabischer Sprache, die kaum jemand im Kosovo versteht. Dieser Pastor ist kein muslimischer Hoxha, aber Hoxha ist sein Familienname.

Beim kurzen Nachdenken über die guten Worte durchströmt es Enrik wie ein großes Glück. Nie zuvor hat er gehört, weshalb Christen Weihnachten feiern. Es geht ihnen also nicht um volle, hell erleuchtete Schaufenster mit glitzernden Geschenken, sondern um Jesus, den Heiland der Welt.

Noch immer durchströmt ihn der Glückszustand. Sein Herz will jubeln. Am liebsten würde er jetzt nach vorn gehen und dem Pastor die Hand schütteln – aus Dank! Und ehe er es sich überlegt, geht Enrik – Schritt um Schritt – nach vorn, um dem Pastor Bedri Hoxha zu danken. Und was dann passiert? Der Pastor fragt nicht, woher der Gast kommt: Er nimmt den müden und hungrigen Enrik nach dem Gottesdienst mit nach Hause. Hier ist er geborgen. Hier darf er bleiben – für diese Nacht und für die kommenden Tage, auch wenn die Wohnung des freundlichen Pastors und seiner 4-köpfigen Familie, die nur über 54 Quadratmetern Wohnfläche verfügt, sehr, sehr klein ist.

Weihnachten – in der Schar der jungen Christen feiert Enrik das Fest von Bethlehem. Im Gottesdienst kniet er vor Jesus, dem Retter der Welt, nieder.

Die jungen Männer in der Gemeinde sind ihm zu Freunden geworden. Mehr noch: Sie sind nun seine Brüder, was auch umgekehrt gilt. An der Bethlehem-Krippe ist er auch ihnen zum Bruder geworden. Er weiß sich mit ihnen für immer im Glauben verbunden. Ihm ist, als ob sie alle an diesem Fest auf ihn gewartet hätten. Aber Enrik weiß es besser: Der himmlische Vater hat auf ihn gewartet – und er hat Ihm sein »Ja!« gegeben.

Nach zehn Tagen fährt Enrik wieder nach Ulcinj zur Montage. Aber er ist ein anderer, er ist unterwegs als ein neuer Mensch. Denn er steht wieder auf seinen Füßen, stabiler als je zuvor. Das biblische Wort von der Freude, die nie vergeht, inspiriert nun sein Leben: Enrik ist Christ geworden. Und nun freut er sich auf die Taufe. Pastor Bedri hat es ihm zugesagt: Im Sommer wirst du getauft. Vor Tagen noch befand er sich im freien Fall und war nahe dran, ins Bodenlose zu stürzen. Nun aber trägt ihn eine starke Hand.

Gibt es eine größere Freude? Enrik trägt den Herrn Jesus, den Heiland, nach Ulcinj in Montenegro. Er wird seinen Arbeitskollegen zeigen können, wer ihn verändert hat. Welch ein Vorrecht, ihnen den Herrn aller Herren, Jesus, bekannt zu machen. Das ist leicht, wenn du ihn liebst.

Der wunderbare Weihnachtsfriede

3

Die Dörfer in der fruchtbaren ukrainischen Ebene liegen meistens entlang der ungepflegten Schotterwege, die oft Schlagloch an Schlagloch aufweisen. Es sind »Längs-Dörfer«. An den Masten, die entlang dieser Dorfwege stehen, baumeln elektrische Stromleitungen – zumeist sehr ungeordnet. In manchen Dörfern haben auf den Masten die Störche ihre Nester gebaut, die sie jedes Frühjahr neu besetzen, wenn sie nach langen Flügen aus dem weiten Süden zurückkehren, um in der Nähe der niedrigen, kleinen Häuschen zu brüten. Störche suchen gern die Nähe friedlicher Menschen. Und derer gibt es in der Ukraine viele.

Vladimir und Antonia Pavelitsch wohnen in solch einem »Längsdorf«. Ihr Häuschen, das sie ihr Eigen nennen, steht am Ende des langen Schotterweges. Eine gemeindliche Wasserleitung führt nicht zu ihrem Haus. Darum hat Vladimir vor vier Jahren im Vorgarten einen Brunnen gegraben, der auch in den drei vergangenen trockenen Sommerzeiten genügend Wasser für den Haushalt und für den recht großen Gemüsegarten hergab. Für Vladimir ist es keine allzu große Mühe, täglich mehrmals das kühle Nass eimerweise aus dem Brunnen hochzuziehen.

Der Garten ist stets gut gepflegt. Darauf legt Vladimir besonderen Wert, damit er genügend Gemüse und Küchenkräuter, aber auch Mais, Weizen und Kartoffeln ernten kann. Und so mancher Besucher trifft den fleißigen Vladimir im Garten an, wenn er ihn aufsucht, um bei ihm, dem lebenserfahrenen Pastor, Rat oder auch Trost in einer schweren Lebenslage zu finden. Und alle werden zu einer Mahlzeit mit selbst gebackenem Brot eingeladen. Niemand geht hungrig heim. Antonia, seine Frau, tischt gern und großherzig auf, was sie und ihr Mann im Garten ernten. Außerdem hat sie kurz nach der Hochzeit vor zwei Jahren zwei Ziegen angeschafft, die täglich Milch für den Haushalt liefern, die Antonia zu Käse und etwas Butter verarbeitet.

Einen üppigen Lebensstil kann und will das junge Ehepaar nicht führen. Aber die Versorgung aus dem Garten reicht aus, sodass es zur Selbstverständlichkeit gehört, ihre schmalen Vorräte hin und wieder mit anderen zu teilen, die weniger haben. Teilen tut so gut! Die »offene Hand« gehört zum Lebenswandel der Christen. Wie die meisten Pastoren und Diakone in der Ukraine erhält auch Vladimir für seine pastoralen Dienste kein Geld. »Geld bewirkt ja nicht die geistliche Vollmacht«, sagt er. »Um gut zu predigen oder um seelsorgerlich anderen weiterzuhelfen, wenn sie eine Lebensperspektive oder ein Mut machendes Wort brauchen, dazu braucht es Vollmacht.« Sie strömt dem profilierten Pastor Vladimir aus einer sprudelnden Quelle zu: aus der erklärten Liebe zu Jesus, seinem Heiland. Wiederholte Male am Tage erneuert er seine herzliche Liebe zu seinem Retter im Gebet.

Das weiß nicht nur seine Frau Antonia, sondern das weiß inzwischen jeder im Dorf – ob er nun gläubig ist oder nicht. »Unsere Liebe zu Gott«, so sagt es Pastor Vladimir in seinen sonntäglichen Predigten, »… mag klein oder gar winzig sein. Doch der lebendige Gott achtet sehr wohl darauf, dass in uns die göttliche Liebe nicht auslöscht. Das würde uns selber schaden, weil dann das Lebenslicht ausginge. Hinzu kommt dann noch dieses: Uns würde die Kraft fehlen, mit dem Licht und damit dem Feuer anderen Menschen, wenn sie im Nebel stecken und ratlos sind, den Weg zu weisen. Das wäre eine Katastrophe. Wenn uns Christen das Feuer fehlt, dann sterben um uns herum die Leute vor Kälte.«

So predigt Pastor Vladimir Sonntag um Sonntag, aber auch an den Gräbern, wenn Gemeindeglieder verstorben sind. Und es kommen viele Menschen zu den Gottesdiensten, um zu hören, was er heute Neues zu sagen hat – auch so mancher Ungläubige kommt gern, denn wie soll er in seiner Ratlosigkeit wissen, wo er sonst Zuspruch für seinen Lebensweg findet!

Eine Marktverkäuferin meinte neulich: »Wo soll ich sonst meine Sorgen und Nöte abladen?« Und sie fügt hinzu, zu der erstaunten Käuferin gewandt, der sie die Tüte Karotten herüberreicht: »Und wissenswert ist doch wohl auch, woher die Christen die Lebenskraft nehmen. Oder wissen Sie darüber Bescheid?«

Vladimir ist indessen glücklich, wenn er anderen zu ihrem Glück verhelfen kann.

Jeden Sonntag legt das junge Ehepaar den Weg zum fünf Kilometer entfernten Gemeindehaus zu Fuß zurück – eine weite Strecke mit wenig landschaftlicher Abwechslung. Auch Häuser stehen an diesem ungepflegten Schotterweg nur hier und da. Über ein Fahrzeug verfügt der Pastor nicht.

An diesem Sonntag geschieht etwas völlig Unvorhergesehenes: Mit einem lauten Aufschrei bleibt Pastor Vladimir plötzlich am Wegesrand stehen. Dann krümmt er sich und greift mit beiden Händen um sich. Mit schmerzverzerrtem Gesicht findet er einen Halt am nächststehenden Vogelbeerbaum. Er kann sich fangen, weiß aber nicht, wie er sich bewegen soll. Ein »Hexenschuss« hat ihn überfallen. Seine Frau Antonia sieht auf der Stirn ihres Mannes die Schweißperlen, die ihr sagen: An ein Weitergehen ist nicht zu denken. Doch wer soll heute den Gottesdienst halten und das Abendmahl mit der Gemeinde feiern? Es ist unmöglich, die Gläubigen sich selbst zu überlassen. Frau Antonia tut, was sie immer tut, wenn sich bei ihr Ratlosigkeit breitmachen will: Sie ruft um Hilfe. Aber wer hört sie schon? Es ist niemand in Sicht. Das nächste Haus steht vierhundert Meter weiter, doch dort ist auf dem Hof kein Mensch zu sehen.

Hat ihr Schrei bewirkt, dass ein Storch von der weiten Weidefläche sich erschreckt himmelwärts in die Lüfte aufschwingt? »O Gott! Wo kann ich Hilfe finden? Bitte, zeig mir, was wir jetzt tun sollen!« Ihr Mann steht gekrümmt wie ein Fragezeichen am Baumstamm. Ihn durchziehen in kurzen Abständen ruckartige Schmerzwellen. Vladimir versucht zwar, sich vom Baumstamm zu entfernen und setzt Fuß um Fuß im Gras des Wegesrandes, doch dann übermannt ihn schon wieder ein Hexenschuss.

Einen kurzen Augenblick überlegt Antonia halblaut vor sich hin: »Soll ich versuchen, mit Vladimir vorsichtig nach Hause zurückzukehren? Schrittchen um Schrittchen?« Doch ihr Mann scheint vor lauter Schmerz ihr gemurmeltes Selbstgespräch überhört zu haben. Antonia hält kurz ihre Hände vors Gesicht, um zu sich selber zu sagen: Wie töricht, auf solch einen Gedanken zu kommen! Denn es sind immerhin knapp drei Kilometer bis nach Hause. So weit ist es fast auch bis zum Gemeindehaus. Was aber soll nun geschehen? Wieder hat Vladimir sich ein wenig bewegt, um sich aufzurichten und schon entgleitet ihm ein unterdrücktes »Aauh!« Nun legt Antonia ihren Arm um die Hüfte ihres Mannes, um ihn zu stützen. »Zeige mir, Herr Jesus, wie es weitergehen kann«, betet sie im Stillen: »Wir können doch nicht noch länger hier stehen bleiben! Zeige mir ...!«

Und Gott handelt, wenn seine Kinder zu Ihm um Hilfe rufen. Da durchfährt es sie: ›Da ist mein großes wollenes Tuch, das ich auf den Schultern trage!‹ Kurz entschlossen – wie auf eine Weisung ›von oben‹ hin – nimmt sie mit Schwung ihr Tuch von den Schultern und legt es unter das Gesäß ihres Mannes, um es fest vor ihrem Bauch zusammenzuknoten. Sie wagt die ersten Schritte: »Das schaffe ich! Schlinge deine Arme nur fest um meine Schultern. Ich trage dich, Vladimir.« Er stöhnt zustimmend.

Antonia trägt ihren Mann Schritt um Schritt, aber nicht nach Hause, sondern sie geht in Richtung der Gemeinde.

Sie bewältigt die verbliebene Strecke – manchmal laut pustend, aber immer ihrem

Mann liebevoll Mut zusprechend: »Vladimir, wir schaffen es!«

Doch Vladimir schweigt. Er beißt fest seine Zähne zusammen, um so die Schmerzen besser unterdrücken zu können.

Als Antonia ihren Mann huckepack in ihrem Umhangtuch ins Gemeindehaus trägt, verstummt der Lobgesang. Alle Gemeindeglieder staunen: Was für ein komisches Bild bietet sich ihren Augen! Antonia, die junge Pastorenfrau, schleppt tatsächlich ihren Mann daher! Aber geschafft ist geschafft! Sie sind nur ein wenig zu spät gekommen, doch dann kann der Gottesdienst wie geplant und mit Freude beginnen. Als Pastor Vladimir die Gläubigen begrüßt, reckt er zweimal kräftig seine ganze Körpergestalt – und steht plötzlich kerzengerade vor der Gemeinde. Glücklich sieht er Antonia an, dankt ihr und meint mit einem lachenden Gesicht: »Rufen wir Gott um Hilfe an, dann kann es uns passieren, dass er nicht selten zuerst auf uns Rufende mit den Worten verweist: ›Du schaffst das!‹ Das lehrt uns der heutige Tag: Bevor wir verzweifeln, sollen wir erst einmal glaubend zupacken, so viel in unseren eigenen Kräften steht.

Den zweiten Teil übernimmt auf jeden Fall der große, starke Schöpfer.«

Die Gemeinde nimmt sich nach diesem Sonntag noch mehr als zuvor Antonia als Vorbild: Sie ist gottesfürchtig und packt stets zu, wenn sie gefordert ist. Doch bevor sie zupackt, betet sie und hört innerlich auf Gottes Weisungen. Das verdient Anerkennung. Sie aber weiß: Sooft ich unserem großen Gott mein Anliegen nenne, wird er antworten. Niemals darf ich aber mein kleines Herz als Maßstab anlegen für seine großen, liebenden Absichten. Das wäre dann zu kurz gegriffen, weil Gott immer größer ist als mein Herz.

Zwei Jahre später. Antonia schaut mit großer Liebe in die Wiege. Ihr Peter ist heute ein halbes Jahr alt und der Kleine lacht bereits so vergnügt, dass es ansteckend auf sie wirkt. Mit zarter Hand streicht sie ihrem Liebling übers spärliche Haar: »Du kleiner Peter, du wirst es nicht nur jetzt, sondern immer gut bei uns haben, denn wir lieben dich sehr. Und wie die kleinste Blume die große Sonne braucht, um so eine schöne Blume zu werden, so empfange du meine Mutterliebe, um ein schöner Junge zu werden.«

Antonia hält ihr Wort. Sie verwöhnt ihren Jungen an keinem Tag übermäßig; aber sie umbetet ihn. Und Gebet ist eine Liebes-»Investition«, die jedes Kind wie die tägliche Nahrung braucht. Und solche Herzensgebete registriert der himmlische Vater sehr gern. So oft die Mutter ihre Hand auf das Köpfchen ihres Kindes legt, sagt sie es leise wie ein Versprechen: »Kind, ich möchte dir das Doppelte an Liebe schenken, was ich vorhatte, dir zu geben, denn ich weiß: Ich schenke stets weniger als die Hälfte von dem, was ich eigentlich liebend dir geben sollte.«

Als Pastor Vladimir heute von einem Besuch eines Gemeindemitgliedes heimkommt, hört er bereits draußen vor der Tür, wie sein Sohn Peter schreit. Da muss etwas Schlimmes passiert sein, denn solch schreiendes Weinen hat er noch nie von seinem Kind gehört. Als er in die Wohnküche eintritt, sieht er mit Schrecken: Seine Frau beugt sich über Peter, der auf dem Küchensofa liegt. Sie legt ihm just einen nassen, kühlen Lappen auf die

Stirn. Für einen kurzen Moment bleibt Vladimir entsetzt an der Tür stehen. Dann beugt auch er sich über den brüllenden Jungen, sieht dessen aufgedunsenes, rotes Gesicht und schaut fragend Antonia an, die den kühlen Lappen schnell wendet und erneut auf Peters Stirn legt: »Das hohe Fieber hat urplötzlich eingesetzt. Und dann fing Peter an zu schreien. Bis jetzt. Ich bin ganz durcheinander und weiß nicht, was ihm fehlt oder was passiert ist. Schrecklich! Manchmal bäumt er sich auf. Aber das ›kleine Würmchen‹ hat keine Kraft. Es greift sich auf die Brust, ohne sagen zu können, was ihm fehlt. Ob er etwas verschluckt hat? Wie gut, dass du gekommen bist. Ich bin so ratlos. Was können wir tun?«

Vladimir schüttelt den Kopf: »Wir – wir sind ohnmächtig. Aber wir können den himmlischen Vater bitten, uns helfend beizustehen.«

Es scheint den Eltern, als ob ihr Kind stets heftiger schreit. Doch dann gibt es Momente, wo er damit aufhört, schwach röchelt, um dann erneut sein Weh herauszubrüllen. Vladimir und Antonia knien vor Gott am Küchensofa nieder. Sie merken, wie das Sofa bebt: Der kleine Peter krümmt und windet sich. Hin und wieder schlägt er mit seinen Ärmchen heftig um sich. Ob ihn Schüttelfrost plagt?

»O Gott, du hörst das Schreien unseres Kindes. Wir wissen nicht weiter. Wie sollen wir ihm helfen? Rette du ihn, den du lieb hast, so dies dein heiliger Wille ist«, betet Pastor Vladimir. Und Antonia fügt hinzu: »Vater im Himmel, wir sind wegen Peter in übergroßer Ratlosigkeit und Not. Du kannst daraus deine Gelegenheit bewirken und zwar so, dass wir uns wundern werden, wie mächtig und stark deine Heilungskräfte sind. Amen.« Dieses Gebet geht im Gebrüll ihres Kindes unter. Aber die Eltern sind zuversichtlich: Gott sortiert ihre Worte und die Wehklage ihres Kindes.

Pastor Vladimir springt ruckartig auf seine Beine und fasst beide Hände seiner Frau und erklärt ihr überlaut, als müsse er das wilde Schreien des Kindes übertönen: »Suche zusammen, was du an Geld hast. Damit kann ich den Arzt bezahlen, dem ich jetzt sofort unseren Peter zur Behandlung bringen werde. Ohne Geld richte ich im Hospital nichts aus. Und während du das Geld zusammensuchst, pumpe ich den Hinterreifen des Fahrrades auf, der die Luft nicht lange hält. Dann nehme ich den Kleinen in den Arm. Mit einer Hand am Fahrradlenker komme ich zurecht. Vielleicht finde ich unterwegs jemanden, der ein Auto hat und uns ins Hospital fährt.« Vladimir schaut seine Frau entschlossen an und bemerkt sehr wohl, wie in ihren Augen einige Tränen hängen. »Nichts tun – das passt nicht zum christlichen Glauben und wäre jetzt fatal für unser Kind«, fügt er noch hinzu, während er zum Schuppen rennt, um den Hinterreifen aufzupumpen.

Schon sitzt er auf dem Sattel und wartet an der Haustür, bis Antonia mit dem Kind kommt. Die sorgsame Mutter hat den immer noch schreienden Jungen in eine Baumwolldecke gewickelt und überreicht das Bündel ihrem Mann. Das Köpfchen des Kindes spürt Vladimir an seiner Schulter. Aber was ist das?

Als die junge Mutter einige Geldscheine in die Seitentasche seiner Jacke steckt: »Hundertachtzig Grivna … mehr haben wir nicht«, da bewegt sich das Bündel plötzlich nicht mehr. Das Kindesgebrüll stockt. Es verstummt. Antonia schaut kurz in das rote Gesichtchen ihres Kindes: Seine Augen sind geschlossen. Sie hört keinen Laut. »O Gott, holst du unser Kind zu dir?«, heult nun die Mutter.

»Sei gesegnet, Antonia! Ich sause los!« Und schon fährt der Ortspastor auf dem alten, rostigen Fahrrad auf dem Schotterweg davon – eilig, so schnell er zu radeln vermag. Auf dem linken Arm das Bündel; rechts hält er den Fahrradlenker fest umklammert – ein waghalsiger Ritt über den Schotterweg.

Am Gartentor steht Antonia. Sie winkt ihrem Mann nicht nach, wie es sonst ihre Gewohnheit ist, aber sie betet halblaut: »Vater im Himmel, bewahre die beiden. Du lässt begleitende Engel dabei sein, wenn Vladimir die waghalsige Tour mit dem Kind im Arm unternimmt. Ich glaube dir, dass du genug Engel hast, die gern behüten und die beiden wohlbehalten zum Hospital bringen.«

Vladimir tritt mit aller Kraft in die Pedale. ›Nicht mit dem Tempo nachlassen!‹, redet er sich selber Mut machend zu. ›Halte durch! Wenn es geht, noch etwas schneller!‹ Er ahnt: Es geht um Leben und Tod seines Sohnes, den er fest an seinen Oberkörper drückt.

Es ist geschafft: Eine volle halbe Stunde hat Vladimir bis zum Hospital benötigt. Die Luft im Hinterrad ist fast raus. Was soll's! Er wirft das Fahrrad an die Wand bei der Eingangstür, schaut in das Bündel: Der kleine Peter ist bis jetzt nicht aufgewacht. Wie gut,er schläft. Oder ist er bewusstlos?, fragt der Vater sich im Stillen. Auf dem Flur trifft er eine Krankenschwester, die dem verschwitzten Vater mit dem Bündel im Arm entgegentritt: »Na, junger Mann, was bringen Sie uns Gutes?« Sie schlägt die Baumwolldecke zurück, schaut den Vater besorgt an: »Setzen Sie sich auf die Bank dort! Ich hole den Doktor«, und rennt über den langen Flur, wo sich am Ende das Arztzimmer befindet. Bald kommen Krankenschwester und Arzt im Eiltempo zurück.

»Ich bin Pastor Vladimir und bringe mein Kind. Jetzt schläft es. Aber es hat zwei, drei Stunden mit kurzen Unterbrechungen fast tierisch gebrüllt, deshalb bringe ich …«

»Legen Sie das Bündel auf den Behandlungstisch, hier im Zimmer!« Der Arzt geht vorweg und flüstert der Krankenschwester etwas zu, das Vladimir nicht versteht; aber er beobachtet das besorgte Gesicht des Mediziners, als er das Bündel öffnet und der kleine Peter in seiner Kleidung regungslos auf dem Behandlungstisch liegt.

»Schwester, schnell!« Mit einer Handbewegung macht der Arzt ihr deutlich: Es muss jetzt sehr schnell gehandelt werden.

»Schere her!«

Die Sucherei der Krankenschwester in der Instrumentenschüssel dauert dem jungen Arzt zu lange. Er wühlt selber eine Schere hervor: »Schwester, fix! Schneiden Sie die total verschwitzte, nass triefende Kleidung des Kindes auf. Rasch!« Bald liegt Klein-Peter nackt auf dem Behandlungstisch.

»Sauerstoffmaske! Her damit! Gleichzeitig: Herzmassage! Tempo!«

Trotz der mancherlei Anweisungen bleibt der Arzt beim Hantieren ruhig. Vladimir hält sich erschöpft von der Fahrradtour an der Wand fest, ohne den Mediziner aus den Augen zu lassen. Seine väterliche Ahnung sagt ihm: Das junge Leben seines Kindes scheint zu erlöschen.

»Schwester, die Herzmassage schlägt nicht

an. Schnell! Ziehen Sie eine Herzspritze auf!«

Die Kanüle mit der zwölf Zentimeter langen Nadel kommt Vladimir zu gewaltig für den kleinen Körper seines Kindes vor. »O Gott, was passiert jetzt noch alles mit Peter?«

Der Doktor tastet kurz die Rippchen seines kleinen Patienten ab. Der Herzeinstich erfolgt präzise. Langsam zieht dann der Arzt die lange Nadel aus dem Körper. Jetzt hebt er das linke Augenlid des Kleinen: Gibt es schon eine Reaktion? Er kratzt sich seitlich am Hals und schaut für einen kurzen Augenblick den Vater an, der noch immer mit einer Hand die Augen zudeckt. »Mann, war das knapp!«, knurrt der Arzt zweimal. »Jetzt können wir nur noch hoffen, dass der Kleine in den nächsten Minuten reagiert … sonst … «

Der Doktor wischt sich mit einem Handtuch den Schweiß von der Stirn und wendet sich Vladimir zu: »Menschlich gesprochen hat eine höhere Macht seine Engel gesandt, die dem kleinen Patienten beigestanden sind.« Der Doktor stellt sich noch einen Schritt näher zu Peters Vater: »Mann, Mann, so knapp habe ich noch nie einen Menschen von der Todesschaufel heruntergeholt. Auch mir standen eine Anzahl Engel zur Seite, denn ...«

»So war es ganz bestimmt«, unterbricht Vladimir den Arzt. »Der ewige Schöpfer-Gott hat Engel in Hülle und Fülle. Und sie haben meinem Kind ... und Ihnen, Herr Doktor, ...«

»Doktor, der Junge atmet fast wieder im Normalrhythmus. Und was jetzt?«, lispelt die Krankenschwester und pustet gleichzeitig ihre angesammelte Luft ganz langsam über ihre vorgezogene Unterlippe aus.

Auch als der Arzt dabei ist, seinen weißen Kittel auszuziehen, bleibt sein Blick doch auf den Patienten geheftet: »Komm, mein Junge, nun öffne beide Augen! Die Gefahr ist gebannt.« Da schmunzelt er Vater Vladimir an: »Schauen Sie! Da kommt wieder Bewegung in den kleinen Körper. Sie können jetzt nach Hause fahren und Ihre Frau beruhigen. Aber ...« Für einen Moment runzelt der junge Mediziner seine Stirn: »Wir werden den Patienten hierbehalten und weiterhin beobachten und gut behandeln. Und überhaupt: Es wird nötig sein, eine Diagnose zu erstellen. Darum werden wir in den kommenden Tagen die Ursache dieses Herzkrampfes untersuchen. Ende der Woche, so hoffe ich, wissen wir mehr.« Der Arzt reicht Vladimir die Hand. »Sie haben Ihr Kind zurück. Kommen Sie in zwei Stunden, um nach ihm zu schauen und bringen Sie Unterwäsche für ihn mit. Ein Schälchen Kascha, am besten aus Haferflocken, wäre für ihn gut. Kein Brot, aber etwas Milch und einige Flaschen Trinkwasser. Und wie üblich für alle Patienten: Seife und Handtücher. Selbstverständlich auch eine frische Decke mit Bettbezug und Kissen. Und über die fälligen Behandlungskosten – nun ja! – darüber reden wir in ein paar Tagen. Ausgemacht?«

Die Ärzte im Hospital sind wegen des kleinen Peters ratlos: Sie untersuchen ihn, müssen aber seinen Vater, Pastor Vladimir, vertrösten. Das Erstellen einer sicheren Diagnose schlägt ständig fehl; sie sind und bleiben ratlos. Das Kind ist äußerst schwach. Mit jedem Tag verschlechtert sich sein Zustand.

Heute sucht Vladimir das Gespräch mit dem jungen Arzt, um Klarheit über sein Kind zu bekommen. Der Doktor gesteht: »Wir Ärzte haben eigentlich keine Hoffnung mehr für Ihr Kind. Es scheint uns am besten, Sie nehmen Peter mit nach Hause. Nutzen Sie die letzten Tage und Stunden, um von ihm Abschied zu nehmen. Ich bin bereit, Ihr Kind mit meinem Auto zu transportieren.«

Als gegen Abend das Auto des jungen Arztes vor dem niedrigen Häuschen von Vladimir und Antonia hält, ahnt niemand: Nun beginnt ein neuer Lebensabschnitt im Haus des Pastors Vladimir.

Antonia ist glücklich: Ihr Kind ist wieder daheim, wenn auch todkrank! Vladimir verkneift sich die Aussage des jungen Arztes, obwohl sein Herz schwer ist: »Nutzen Sie die letzten Tage und Stunden, um von ihm Abschied zu nehmen.«

»Antonia, lege bitte unseren Peter auf das Küchensofa und komm, wir wollen vor Gott niederknien und ihm unseren Sohn im Gebet darbringen!«

Vladimir dankt dem großen, souveränen Gott für alle bisherige Güte und Durchhilfe, die er ihnen, den Eltern, mit dem kleinen Peter schenkte. »Du, allmächtige Majestät, du überschüttest uns immer mit Wohltaten aus deiner Fülle. Das tust du auch heute, weil du Gefallen an uns hast. Und weil es dir gefällt, uns aus Liebe zu segnen. Wenn du es willst, dass unser Kleiner lebt, dann lässt du ihn gesund werden. Willst du ihn aber bei dir haben, dann nimm ihn zu dir!« Da Vladimir großes Vertrauen zum himmlischen Vater hat, dem alle Macht gegeben ist im Himmel und ebenso auf Erden, fügt er mit bebender Stimme hinzu: »Dein Wille geschehe!« Und leise wiederholt er seine Worte: »Willst du unseren kleinen Peter bei dir haben, dann nimm ihn zu dir!«

Antonia springt auf. Für sie hat das Beten an diesem Punkt ein Ende: »Nein!« Sie stampft mit ihrem rechten Fuß auf die Holzdielen der Wohnküche, sodass die Gläser im Küchenschrank klirren und scheppern: »Das kann nicht Gottes Wille sein, uns Peter zu nehmen. Niemals wird das passieren! Ich will mein Kind lebend haben – und nicht im Sarg!«

Vladimir erhebt sich nun auch und versucht, seine Frau zu beruhigen: »Antonia, sag so was nicht. Du weißt doch: Alles kommt von Gott –

ob wir nun leben oder sterben. Gott gibt das Leben und er nimmt es auch wieder, aber immer will er uns in seiner Nähe haben.«

»Nein! Das ertrage ich nicht. Nein, *ich will* dieses Kind behalten und niemals hergeben. *Ich will es so*!«

Verwundert schaut Vladimir seine geliebte Frau an, denn so kennt er sie nicht, die sich bis jetzt immer unter Gottes Willen fügte. Dieses Aufbegehren, dieses heftige Stampfen mit den Füßen – das ist doch nicht ihre Art! Was ist nur in sie gefahren, die sie doch nie trotzig gegen Gottes Absichten und Pläne aufbegehrte, sondern Gott von Herzen liebte. Und nun …? Vladimir begreift schlagartig: Ihr Familienleben hat in diesen Augenblicken eine Wende bekommen. Wird der lebendige Gott den sehnlichen Wunsch seiner Frau erfüllen und ihr egoistisches Gebet erhören?

Der Gesundheitszustand des kleinen Peters bessert sich von Tag zu Tag und das Kind wächst heran. Es geht in den Kindergarten, es besucht die Volksschule. Und Antonia ist nicht wenig stolz darauf, dass sie einen besseren »Draht« zu Gott hat als ihr Mann, der »Herr Pastor«. Sie lässt es ihn gelegentlich auch deutlich spüren, *wie* zu beten ist: weg da mit der Unterwürfigkeit.

Die häusliche Atmosphäre bleibt auch dann gereizt, als Vladimir wochenlang kränkelt, schließlich bettlägerig wird und es sich deutlich abzeichnet, dass seine Sterbestunde gekommen ist. Antonias rechthaberische Art und trotzige Herzenshärtigkeit nimmt von Tag zu Tag in dem Maße zu, wie ihre erste Liebe zu Gott langsam dahinschmilzt wie der Schnee in der Frühjahrssonne. Sie ist für Vladimir keine Stütze mehr, sondern eine Last. Eines Morgens liegt ihr Mann tot im Bett. Berührt es sie sehr? Keineswegs. Denn sie hat ja ihren Sohn Peter, für den sie sorgen kann.

Antonia nimmt im Dorf eine Putzstelle an, um etwas Geld für den Lebensunterhalt zu verdienen, denn sie will, dass ihr Junge das Gymnasium ordnungsgemäß beendet: Er soll es einmal besser haben als sein Vater, der in ihren Augen – und sicher auch bei Gott – als mühseliger Versager gilt.

Peter kann sich sogar zum Medizin-Studium

an der Universität eintragen. Er wohnt daheim und fährt nun täglich mit der U-Bahn in die Hauptstadt Kiew. Doch in mancher Abendstunde kommt Peter nicht heim. Er hat schließlich enorm viel Studienmaterial zu bewältigen, wie er behauptet. Da bleibt er lieber bei seinen Kommilitonen. Doch täglich dankt seine Mutter dem lebendigen Gott für das gesunde Leben ihres Sohnes, das schließlich auf ihr Gebet hin überhaupt ermöglicht worden ist, so meint sie. Für einen Aspekt verschließt sie ihre Augen: Peter besucht immer seltener die sonntäglichen Gemeindegottesdiente und beim wöchentlichen Hauskreis der Gemeinde lässt er sich schon lange nicht mehr blicken.

Die finanzielle Bürde eines Medizinstudiums übersteigt allmählich ihre geringen Finanzen und auch ihr körperliches Vermögen, aber sie hält durch und schuftet im großen Garten, versorgt die beiden Ziegen und nimmt noch eine weitere Putzstelle im Dorf an, alles für ihren Sohne-Mann. Bis …!

Eines Tages kommt Peter im betrunkenen Zustand nach Hause. Antonia ist entsetzt – über ihren »Herrn Sohn«, dem künftigen »Herrn

Doktor« und über sich selber. »Das kann jedem ja mal passieren, dass er über die Stränge schlägt«, tröstet sie sich dann schnell selber. Sie bleibt zuversichtlich: Gott wird ihr die Kraft geben, auch diesen augenblicklichen Zustand zu bewältigen. In der Gemeinde, die sie weiterhin regelmäßig besucht, verliert sie kein Wort darüber, wie sich ihr Sohn entwickelt.

Peter wird mit der Zeit zum notorischen Säufer. Ist das nicht entschuldbar? Medizinisch wurde sogar eindeutig festgestellt: Ihr Sohn leidet an der Alkoholiker-Krankheit. Was der Mutter allerdings Sorgen bereitet: Peter heiratet mitten im Semester ein ungläubiges Mädchen, das von Gott und der christlichen Gemeinde überhaupt nichts wissen will. Peter ist aus dem Häuschen am Ende des Schotterweges ausgezogen und lebt nun irgendwo; aber die Mutter weiß nicht, wo er steckt.

Irgendwie dämmert es Antonia eines Morgens, als ein Stichwort ihr vor Augen steht: »Erntezeit«. Sie erschrickt zutiefst: »Ernte ich jetzt, was ich einst säte?« Gesät mit ihrem damals so eigenwilligen Gebet: »*Ich will* dieses

Kind gehalten! *Ich will* es nicht hergeben!« Und nun? Sie hat gehofft, Peters Frau könne ihren Mann positiv beeinflussen: ihn vom Trinken fernhalten und seine Alkoholsucht auslöschen, sodass er »trocken« wird. Aber auch diese Seifenblase ist geplatzt. Leute aus Kiew erzählen: Von Jahr zu Jahr zieht der Alkohol ihren Sohn weiter nach unten ins Chaos. Peter wird Vater von zwei Kindern; aber auch sie tragen nicht dazu bei, dass er sein Leben ändert. Schließlich verlässt ihn seine Frau, weil sie die Anwesenheit ihres Mannes nicht noch länger ertragen kann und nimmt die beiden Kinder mit.

Dann steht eines Morgens Peter vor der elterlichen Haustür. Antonias Mutterherz erbarmt sich ihres Sohnes und nimmt ihn in ihren »vier Wänden« auf, um es selber zu versuchen, ihm eine neue Lebensrichtung zu geben. Peter, der längst sein Studium aufgegeben hat, bekommt dadurch einen »Unterschlupf«, um einen Neustart anzugehen. Und so zieht er mit wenigen Habseligkeiten zu seiner Mutter ins Elternhaus.

Doch Peter setzt sein bisheriges Leben fort und seine Lage wird zusehends miserabler. Zeit seines Lebens hat er nie gearbeitet, folglich nie Geld verdient. Ist er zu Hause, nimmt er seiner Mutter das bisschen Rentengeld weg, damit er wieder ein paar Tage zu saufen und etwas zum Essen hat. An seine Mutter denkt er dabei nie, wie sie »über die Runden« kommen wird. Überhaupt – er distanziert sich von ihr und lehnt sie ab und spricht kein Wort mit ihr. Dafür schafft er nach und nach alles aus dem Haus, um es auf dem Trödelmarkt zu verkaufen. Dort erzielt er Minipreise, um mit dem »erworbenen« Geld sich in der Gaststätte mit Alkohol volllaufen zu lassen. Es gibt in Antonias Zimmer schon lange keine Tischdecke und Blumenvase mehr, kein Lampenschirm und keine Gardinen. Sogar die Bilderrahmen mit den Familienfotos sind von der Wand verschwunden.

Nadja, die Frau des Kirchenpräsidenten Dr. Grigory Komendant, die neulich Antonia besuchte, stellte fest: »Antonia wohnt wie in einer kahlen Höhle. Den Teppich hat der Sohn genommen und sogar ihre Bettwäsche, ihre Blusen und Röcke. Und neulich war auch der Regenmantel fort, den Pastor Rötting ihr vor einem Jahr aus Deutschland mitbrachte.«

Antonia fängt an zu kränkeln. Sie bewältigt den großen Garten nicht mehr. Als sie zeitweise bettlägerig wird, kümmern sich die Frauen aus der Gemeinde liebevoll um sie und versorgen sie mit Essen und Trinken, beziehen ihr Bett mit frischer Bettwäsche, die sie ihr jede Woche mitbringen und sie beten mit ihr. Wie gut tut ihr diese Gunst und schwesterliche Liebe. Was allerdings zu bewundern ist: Trotz der verheerenden Umstände, in denen Antonia lebt, strahlt sie immerzu viel Fröhlichkeit und Wärme aus. Ihre »Lage« nimmt sie als von Gott ihr zugedacht, ja, als Strafe für ihre damals so eigenwillige Bitte, ihr den kranken, kleinen Sohn unbedingt zu lassen und nicht wegzunehmen. Sie ist bereit, diesen düsteren Weg nun ohne Hadern zu gehen. »Vladimir, mein Mann, ist schon lange Zeit im Friedensreich bei unserem Herrn Jesus. Ich, ich habe diese düstere Lebensstrecke selber gewählt und muss sie auch bis zum Ende gehen. Dieser Weg ist schwer und schmerzvoll. Aber das war meine Entscheidung und ist nun mein Los. Trotz allem: Ich bleibe weiter im Gebet vor Gott. Und im Vertrauen auf Gottes Allmacht und Größe hoffe ich: Ich werde eines Tages meinen Sohn noch in einer anderen Lage sehen – befreit vom Alkohol, frei von diebischem Verhalten und von jeder Lüge.«

Die leidende Mutter ist dankbar: Nie hat Peter sie im Rauschzustand geschlagen oder ihr sonst etwas angetan.

»Rufe doch Pastor Rötting zu einem seelsorgerlichen Gespräch. Womöglich redet er auch mit Peter«, gibt eine der Besucherinnen ihr den Rat.

»Wird der Pastor aus Deutschland überhaupt mit Peter reden wollen? Und mit mir?«, fragt Antonia zaudernd.

»Warum nicht?«, fragt die Besucherin zurück.

»Ja, ich brauche wirklich ein seelsorgerliches Gespräch«, meint Antonia. «Aber Peter? Er duldet es so gar nicht, dass ihr Frauen hierherkommt. Aber er wittert stets, dass ihr mir etwas zu Essen bringt. Seid ihr gegangen, stürmt er in mein Zimmer, um mir wegzunehmen, was ihr mir gebracht habt. Sein Hunger ist immer enorm.«

»Er lässt dir keinen Happen?«

»So ist es. Er sucht und wühlt in meinem

Zimmer herum, ob ihr mir Geld gegeben habt. Selbst unter meiner Matratze sucht er jedes Mal, wenn ihr gegangen seid.«

»Sollen *wir* Pastor Rötting benachrichtigen?«

Antonia fällt in ihr frisch bezogenes Kopfkissen zurück: »Ja, bitte!« Ihre Stimme erstirbt fast in ihren dankbaren Tränen: »Und grüße ihn von mir.«

Die Schneeflocken scheinen sich heute im spielerischen Taumeln zu üben, gejagt von einem kalten Ostwind. Das Häuschen der Antonia steht an der Schotterstraße auf »weiter Flur«. Es ist von hohen, schlanken Pappeln umringt, die noch ihr Mann Vladimir vor zwanzig Jahren pflanzte; ihre leeren Äste ragen hoch in die dunklen Wolken hinauf. Nur hier und da befindet sich an den Zweigen noch ein einzelnes, gelbes Blättchen, das sich sogar in der kalten Jahreszeit gut hat festhalten können, doch bestimmt von einer der nächsten Windböen erfasst wird, um dann über die weiten Äcker und Wiesen davonzusausen – wie ins Nirgendwo getrieben.

Der Schneefall ist heute erheblich. Das recht

schwere Paket, das ich abwechselnd mal auf der linken, dann auf der rechten Schulter trage, drückt ziemlich auf meine Schultern. Durch die Fäustlinge ist längst die Kälte gedrungen und haben die Finger ziemlich steif werden lassen. Endlich – das niedrige Häuschen ist erreicht. Im hohen Schnee sehe ich die Fußstapfen von Männerschuhen: Der Sohn Peter ist offensichtlich nicht im Haus. Damit kommt ein Gespräch mit ihm heute nicht zustande. Schade. Aber warum hat er weder gestern noch heute den Fußpfad bis zur Haustür freigeschaufelt? Die bettlägerige Antonia ist dazu nicht in der Lage. Und wo steckt ihr Sohn Peter?

Die Haustür ist nicht abgeschlossen. Dröhnend stapfe ich den trockenen Schnee von den hohen Schuhen, wische von den Hosenbeinen und dem Stutzer den haftenden Schnee weg und fahre mit dem Fäustling die Schneereste vom mitgebrachten Weihnachtspaket, um dann in den schmalen Flur einzutreten. Im Haus ist es kaum wärmer als draußen, nur dass der beißende Ostwind draußen zu bleiben hat.

»Guten Tag, Antonia!«, höre ich mich rufen. Regt sich nichts? »Antoooniaaa?«

Eine piepsige Stimme meldet sich hinter der Zimmertür, die ein wenig offen steht: »Pastor, ich bin hier! Kommen Sie!«

Bevor ich das Zimmer betrete, segne ich die Bettlägerige still – in Jesu Namen.

Wie schmal ist das Mütterchen seit meinem letzten Besuch im Gesicht geworden. Ob es stimmt, dass sie sich mit stets weniger Speisen zufrieden geben muss, weil ihr Sohn ihr fast alles wegfri...?

Ich will Antonia wie immer begrüßen, aber das hergeschleppte Weihnachtspaket ist mir irgendwie im Wege. Einen Tisch zum Abstellen des Kartons sehe ich nicht. Ein Stuhl steht auch nicht im Zimmer, das wirklich kahl wie eine Höhle wirkt. Hat der Sohn auch diese Möbel auf dem Trödelmarkt verscherbelt? Kurzum: Ich stelle die Weihnachtsgaben auf den nackten Fußboden mitten ins Zimmer: »Das sind essbare Geschenkgrüße von deutschen Freunden unserer Mission ›Ost-West‹.« Antonia strahlt übers schmale Gesicht, wie immer herzlich. »Nachher schiebe ich das Paket unter dein Bett; damit ist es vorerst gut weggeräumt.«

Zuerst – wie stets bei Hausbesuchen üblich –

preisen wir den himmlischen Vater mit Dank für diese Begegnungs-Momente, um dann das Gespräch zu beginnen.

Im Zimmer ist es nicht nur winterlich kühl, sondern recht kalt. Mit meiner Hand fasse ich kurz an den Kachelofen. Steinkalt!

»Pastor Rötting, vor Jahren habe ich mit meinem ›Ich‹ dem himmlischen Vater meinen Willen aufgedrängt, ja abgetrotzt. Mitten im Gebet meines Mannes passierte es. Damals, als Vladimir unser sehr schwaches, ja, todkrankes Kind dem himmlischen Vater überließ, ob er es erhalten oder es zu sich nehmen wolle. Da begehrte ich auf: ›Nein! Das kann nicht Gottes Wille sein, dass er mir den Erstgeborenen wieder nimmt. *Ich will* mein Kind lebend haben und nicht im Sarg. Das ertrage ich nicht. *Ich will* dieses Kind behalten und ich werde es niemals hergeben!‹«

Mit dem Ärmel ihres Nachthemdes wischt Antonia ihre Tränen aus dem Gesicht: »Sehen Sie, Pastor, zweieinhalb Jahrzehnte laufe ich mit diesem Trotzkopf herum und begreife erst seit einigen Wochen: Ich habe damals Gottes Willen nicht akzeptieren wollen. Das ist meine Schuld! Gott hat zwar mein damaliges Gebet erhört, aber ich habe mir dadurch selber eine Last aufgeladen, an der ich jetzt im Alter schier zerbreche!« Antonia atmet tief durch: »O Gott, du himmlischer Vater, ich eigenwilliges Wesen, ich bereue meine Herzenshärtigkeit, meinen Starrsinn. Mitten in der Katastrophe meines Lebens und im Lebenschaos unseres Peters … Herr Jesus, erbarme dich über mich.«

In dieser spürbar heiligen Stunde weiß ich, was zu tun ist und frage sie: »Tut es dir leid und bereust du aufrichtig, was du Gott mit deinem Dickkopf angetan hast?«

Ihr »Ja!« kommt überraschend laut über die Lippen. »Antonia, bist du bereit, zu vergeben, allen Menschen, die dir gegenüber schuldig geworden sind?« Antonia hat ihre Augen geschlossen. Beide Hände hat sie zusammengelegt und berührt ihren verschlossenen Mund mit den Fingerspitzen. Eine Minute vergeht. Was kann eine solche Minute so lange dauern! Mit ihren strahlenden Augen bekundet sie: »Ja, Pastor Rötting. Ich weiß, dass unser Herr Jesus am Ende des ›Unser-Vater‹-Gebetes dieses Angebot jedem

Sünder unterbreitet. Darum Ja! Und nochmals: Ja, ich bin zum Vergeben bereit!«

Dann lege ich meine Hände auf ihr Haupt: Antonia Pavelitsch, was du vor dem lebendigen Gott als Schuld bekannt hast, das vergebe ich – als ein von Gott beauftragter Diener – dir in Jesu Namen. Fürchte dich nicht! Gottes Liebe und Freundlichkeit erfüllt dein Leben für immer. Nun diene dem großen und guten Herrn Jesus allezeit mit Freuden! Amen.«

Regungslos liegt Antonia in ihrem Kissen. Ich sehe: Neben ihrem Kopfkissen liegt eine vielgelesene Bibel. »Peter hat dir die Bibel gelassen, obschon er sonst so ziemlich alles aus dem Haus getragen hat. Lies weiterhin viel in der Heiligen Schrift! Jedes Wort unseres Herrn Jesus tut deiner Seele wohl.

Und nun sprechen wir das ›Unser-Vater‹. Einverstanden?« Antonia setzt sich ein wenig aufrecht und wir beten gemeinsam:

»Unser Vater im Himmel,
dein Name soll stets geehrt werden!
Deine gute Königsherrschaft breite sich aus.
Unsere Nahrung, die wir zum Leben

brauchen, gib uns bitte jeden Tag.
Und nimm von uns fort unsere
Verfehlungen!
Auch wir werden denen vergeben,
die uns gegenüber schuldig geworden sind.
Lass uns nie in solche Lebenslagen geraten,
in denen wir dir untreu werden!
Denn dein ist die Königsherrschaft
und die Kraft und die Herrlichkeit
bis in alle Ewigkeit. Amen.«

Bevor ich mich von Antonia verabschiede, hole ich aus dem Geschenkkarton mein dickes Andachtsbuch, das in russischer Sprache übersetzt wurde, und schiebe dann das Lebensmittelpaket unter ihr Bett.

»Das ist mein Weihnachtsgeschenk für dich. Damit hast du an 366 Tagen des Jahres von der Güte unseres Herrn zu lesen. Viel Freude dabei!«

Als ich schon an der Zimmertür stehe, vernehme ich ihr »Danke, Pastor! Danke!«

»Antonia, schließe die Haustür nicht ab, denn um gut Weihnachten feiern zu können, braucht es etwas Wärme im Zimmer. Und die bringe ich nachher. Zwei unserer Studenten werden mir dabei helfen, Anmachholz und einen Sack Kohlen für den Kachelofen zu bringen. Bis dann!«

Trotz seines angetrunkenen Zustandes bemerkt Peter sofort: Das Zimmer seiner Mutter ist geheizt. »Wer war hier, um dich – hick! – zu verwöhnen?«, schreit er seine Mutter an. »Und was liest du da – hick! – für Schundliteratur? Die Bibel kannst du meinetwegen lesen, aber …«

Mit drei Schritten steht er vor dem Bett seiner Mutter und reißt ihr das Andachtsbuch aus den Händen. »Mmm, ›Jeden Morgen ist Gottes Güte neu‹ – was für ein blöder Titel! Wer hat es – hick! – geschrieben?« Peter wirft einen kurzen Blick auf die Rückseite des dicken Buches und sieht das Foto des Verfassers: »Ach so, von dem Rötting stammt – hick! – dieser Quatsch!«, und wirft das Buch in die Ecke, wo der Kachelofen steht. »In den Ofen gehört – hick! – das fromme Zeug. Ich werde es demnächst verbrennen. Ja! Verbrennen!«, schreit er seine Mutter an, geht zu dem Buch, das er mit einem gekonnten Tritt an die Wand fußballert. Es bleibt aufgeschlagen im Raum liegen. »Dieser Mistkerl, zu dem viele Leute – hick! – nur zu seinen Gottesdiensten pilgern, weil er ein Ausländer ist. Wenn ich – hick! – den in die Finger kriege, traktiere ich seine Nase, diesem Holländer!«

»Weißt du, Peter, wer mich heute besucht hat und mir dieses Andachtsbuch schenkte? Das kannst du nie erraten.«

»Ich und raten! – hick! – Vergiss es!«

»Dann sage ich es dir: Pastor Rötting hat mich heute besucht! Und er wollte wohl auch mit dir reden – einfach nur so! Da liegst du falsch, wenn du behauptest: Die Leute pilgern zu ihm. Stimmt nicht ganz. Er pilgert auch zu Leuten – wie dich und mich!«

»Erst verteilt er seine Bücher, dann heizt er – hick! – den Kachelofen an. Besser wäre es gewesen, er hätte mir eine kräftige Mahlzeit gebracht, oder?«

Peter bückt sich nach dem Andachtsbuch und liest jene Seite, die seine Mutter schon angefangen hatte zu lesen. »Mmm, die Seite zu ›Weihnachten‹ hast du angefangen, zu lesen.

Weißt du was? Das Buch bist du los! Es gehört mir!« Peter klappt das Andachtsbuch zu, klemmt es demonstrativ unter den Arm und verlässt das Zimmer ohne Gruß.

Eine halbe Stunde später hört Antonia: Draußen wird Schnee geschippt. Das wird doch nicht einer der Studenten aus dem Seminar sein, das Dr. Grigory Komendant und Pastor Rötting leiten? Es wäre ihm zuzumuten, denn in der Gemeinde wird ständig darüber geredet, wie hilfsbereit diese jungen Männer sind.

Langsam lässt sie ihre Beine aus dem Bett gleiten und begibt sich zur Haustür, um sich bei dem Schneeschaufler zu bedanken. Durch das kleine Türfensterchen sieht sie …! Wer schippt da den Schnee weg? Sie schüttelt fassungslos den Kopf und hält sich am Türrahmen fest: Da schaufelt ihr Sohn den Gehweg bis zum Schotterweg frei! »Peter!«, spricht sie leise vor sich hin, »Peter, das ist das erste Mal in deinem Leben, dass du etwas für mich tust.«

Schon hat Antonia sich wieder in ihr Bett gelegt – voll Dank zu Gott! Zehn Minuten später öffnet sich ihre Zimmertür. »Da muss ich mir doch kurz die Hände aufwärmen«, meint Peter. »Draußen ist es mächtig kalt, auch wenn gearbeitet wird.« Er legt seine roten Hände an den Kachelofen: »Prima warm. Gefällt mir. Dieser Pastor Rötting kümmert sich scheinbar auch um Dinge, die ihn eigentlich nichts angehen. Da bringt er Kohlen zur Weihnacht, damit du es gemütlich warm hast zum Fest.«

Er dreht sich um und drückt nun seinen Rücken an den Kachelofen und schaut seine Mutter an: »Hast du die Andacht von diesem Rötting zur Weihnacht ganz gelesen? Nein? Aber ich!«

Antonia legt ihre beiden Hände vor den Mund, um einen Überraschungslaut zu unterdrücken, schaut ihn aber fröhlich an: »Du, Peter, hast gelesen, was Pastor Rötting zur Weihnacht geschrieben hat? Junge, dann bist du ja schneller als ich.«

»Warte, ich lese dir gleich die ganze Andacht vor. Ich hole das Buch!«

Antonia kommt aus dem Staunen nicht heraus. Ihr Herz rast und jubelt zugleich. Was mag in der letzten Stunde in Peter vorgegangen sein? So hat sie ihn noch nie erlebt. Darum fragt sie ihn, als er sich mit dem Andachtsbuch auf die Bettkante setzt: »Peter, es ist doch alles normal bei dir, oder?«

»Normal?«, entrüstet er sich, »Ich will normal werden, weil ich beim Lesen vorhin eine schaurige Last losgeworden bin.«

Antonia schaut ihren Sohn staunend ins Gesicht: »Junge, du bist eine ›schaurige Last‹ losgeworden?«

Eine Antwort erhält sie nicht, aber Peter fängt zu lesen an. Jene Gedanken im Andachtsbuch, die er vorhin als wichtig entdeckt hat, liest er betont langsam.

»Euch ist heute der Heiland geboren!

Es ist finstere Nacht. Die Hirten auf dem Felde Bethlehems sitzen im Dunkel eng zusammen, denn kalt ist es auch. Es ist ein hartes Leben, das sie fristen. Draußen vor den Toren der Stadt bei den Herden zu wachen, das bedeutet vor allem ein Leben in der Einsamkeit. Hirten bleiben bei der Herde. Deshalb haben sie kaum Gemeinschaft mit den Bewohnern der Stadt. Sie sind nur Räubern und wilden Tieren ausgeliefert.

Unvermittelt bricht der schwarze Himmel

auf. Himmlischer Lichtglanz überströmt die Hirten. Engel singen in Chören. Sie verkündigen: ›Euch ist heute der Heiland geboren!‹ Das heißt: Nun ist er da, der von den Juden seit Jahrhunderten erwartet wird. Die Hirten begreifen im Lichtglanz, der sie plötzlich umgibt, sofort: In diesem Augenblick zeigt Gott seine Liebe für die Welt. Jeder Mensch kann ihm nun huldigen. Das Heil ist erscheinen – das Heil! Und Heil bedeutet: Auf alle menschlichen Hilferufe, die seit Jahrhunderten Gottes Ohr erreichten, gibt es jetzt eine Antwort – durch den Heiland. Das Heil, das heißt: Das siegreiche Eingreifen von oben ist erfolgt. Gott befreit die Menschen vom Verderber, der versucht, uns nach unten zu ziehen.

Der Friede Gottes, von dem die Engel zu Weihnachten singen, ist außerhalb dieser Erde zustande gekommen. Dieser Friede von Gott kann also nicht in der Welt zerstört werden. Aber dieser Friede will in unser Innerstes. Durch den göttlichen Frieden können wir unmittelbare Beziehungen zum lebendigen Gott und zu unseren Nächsten knüpfen. Jesus, Gottes Sohn, ist geboren, um uns in Gottes Frieden hineinzustellen. Er ist unser Freund, er ist unser Friede! Diese Tatsache hat eine unermessliche Folge für unser Innenleben. Wenn wir zum Frieden kommen, dann geschieht nicht nur in unserem *Körper* etwas, sondern Gottes Friede wirkt auch mächtig hinein in unsere *Seele*. Wir sind aus dem Bereich herausgezogen, in den die finsteren Mächte uns ständig hineinzuziehen versuchen. Wir sind geborgen. In der unmittelbaren Nähe unseres himmlischen Vaters ist unser Platz. Der Friede von Weihnachten hat eine heilende Wirkung. Wenn der göttliche Friede dich erreicht, bist du in die Schutzzone Gottes hineinversetzt. Preise dafür Gott und lobe ihn jetzt für sein Handeln an dir. Bete mit mir den Sohn Gottes – Jesus – an. Denn uns ist heute der Heiland geboren.«

Als Satz um Satz bedachtsam gelesen sind, bleibt es eine Weile ganz still im Zimmer. Dann neigt sich Peter langsam seiner Mutter zu und drückt ihr einen Kuss auf die Wange. Das ist zuletzt in seinen Kindheitstagen passiert.

»Mutter, lass uns fortan in diesem Weihnachtsfrieden miteinander leben. Ich bin dazu bereit.«

Antonia Pavelitsch schreibt zehn Monate später: »Peter, mein Sohn, trinkt nicht mehr! Wir haben seit Weihnachten Frieden miteinander. Auch zu seiner Frau und den Kindern kehrte er zurück; sie sahen seine gewaltige und klare Umkehr und waren bereit, ihm seine Vergehen zu vergeben. Nun leben wir alle glücklich ›unter einem Dach‹ in unserem Häuschen.

Vor vier Wochen stürzte ich unglücklich und brach mir den Oberschenkel. An Aufstehen ist vorerst nicht zu denken. Als Frau Nadja Komendant davon erfuhr, besorgte sie aus dem Ausland passende Windeln, weil es diese bei uns in der Ukraine noch nicht gibt. Als Nadja mit den großen Paketen zu uns kam, traute sie ihren Augen nicht, wie liebevoll und fürsorglich Peter mich versorgt! Er erlaubte es ihr nicht, ihm bei der Pflege zu helfen. Alle täglich anfallenden Aufgaben hat er völlig eigenständig übernommen und betont: ›Jahrelang habe ich Mutter gequält, sie missachtet, betrogen und nicht geliebt. Sie hat durch mich – wie auch meine Frau und die beiden Kinder – viele, viele Jahre arg, ja unsagbar gelitten. Ich habe meinen Nächsten so unendlich viele Schmerzen bereitet. Jetzt will ich die Chance nutzen, um diese Schmerzen irgendwie, zu-

mindest ansatzweise, zu lindern. Mutter ist es wert, dass ich mich hundertprozentig um sie kümmere!‹

Nach den ›verlorenen Jahren‹ hat Peter eine gute Arbeitsstelle gefunden. Das verdiente Geld reicht sogar aus, unser Häuschen zu renovieren und neu zu möblieren. Peters Fernziel aber ist: Er will sein Studium fortsetzen und Arzt werden. Demnächst wird er Ihnen, lieber Pastor Rötting, selber schreiben, um sich bei Ihnen zu bedanken, denn Sie haben seinem verpfuschten Dasein eine totale Wende gegeben.

Der weihnachtliche Friede, den Sie uns brachten, begleitet uns jeden Tag. Mir ist es, als ob ein langer Winter in meinem Leben zu Ende gegangen ist. Der göttliche Frühling ist nun gekommen. Er möge auch niemals aus Ihrem Leben weichen. Dankbar und glücklich bin ich und grüße herzlich nach Deutschland

Antonia Pavelitsch

Anmerkung:
Mein 384-seitiges Andachtsbuch ist bislang nur in albanischer und russischer Sprache erschienen.

Von Gerhard Jan Rötting sind erschienen:

Erzählbände (jeweils 112 Seiten)

Als Schmuggler Gottes unterwegs
Bestell-Nr. 512 2000

Als um Mitternacht eine fremde Gestalt erschien
Bestell-Nr. 512 2001

Als ein Schatz in der Hirtenhütte entdeckt wurde
Bestell-Nr. 512 2002

Als ein Engel das todkranke Mädchen besuchte
Bestell-Nr. 512 2004

Als drei Straßenkinder unter der Brücke gefunden wurden
Bestell-Nr. 512 2005

Als die Königin die Gefängnistür öffnen ließ
Bestell-Nr. 512 2006

Als zur ersten Weihnacht ein neuer Ofen die Hütte wärmte
Bestell-Nr. 512 2007

Als ein Doppelmörder vom »Schalom« überrascht wird
Bestell-Nr. 512 2008

Als der kleine Junge ein großes Wunder erlebt
Bestell-Nr. 512 2009

Als Pferd und Fohlen zu Weihnachten im Stall ankommen
Bestell-Nr. 512 2010

Lasst mich wieder euer Kind sein
Bestell-Nr. 5.122.011

Letzte Chance für den Sohn des Ministers
Bestell-Nr. 5.122.012

Das Weihnachtsbaby wird gerettet
Bestell-Nr. 5.122.013

Taschenbücher von Gerhard Jan Rötting:

Wunder im Kosovo, 112 Seiten
Bestell-Nr. 5.122.606

Moin, Moin, Herr Pastor, 224 Seiten
Bestell-Nr. 5.122.612

Bildbände von Gerhard Jan Rötting (jeweils 48 Seiten)

Dich erfüllt ein bleibender Segen
Bestell-Nr. 512 3500

Dich behütet ein wachsamer Engel
Bestell-Nr. 512 3504

Dich erwartet eine gesegnete Zukunft
Bestell-Nr. 512 3512

Dich verlässt die Hoffnung nie
Bestell-Nr. 5.123.518